Cover Illustration by hatsuko

紫藤ナツヒコ
平穏を願う少年。7年前に両親を事故で亡くし、現在は妹とともに祖父母の家で暮らしている。
Illustration by hatsuko

間宮アキト
ナツヒコの親友。誰とでもすぐ仲良くなれる性格で、サッカー部のエースとしても活躍している。
伏見ソラ
ナツヒコの幼馴染み。男性のような口調で喋り、私服では滅多にスカートを履かないなど、少し変わったところがある。

マキちゃん
人間の願い事を叶える神様だが、ちょっとピントが狂っていて、たまにトンチンカンなことをする。
ルマちゃん
人の願いを叶えるために生まれたモノ。
Illustration by hatsuko

イカサマライフゲイム

Ikasama Life Game

原案:KEMU VOXX
著:一歳椿
イラスト:hatsuko
挿絵:篁ふみ

PHP

CONTENTS

プロローグ

僕はただ、平穏に暮らしたかっただけだ。

——ソラが隣にいてくれた頃のように。


伏見《ふしみ》ソラ。僕の幼馴染《おさななじ》み。

とても賢くて、だけどちょっと変わっている女の子。

本当に小さな頃は、ソラが女の子だと思っていなかった。だって、ソラはいつも男の子のような口調で喋《しゃべ》り、スカートなんて滅多に穿いてなかったから。

それは、すっかり成長し、誰の目から見ても女性に——それも、凄く魅力に溢れた女性に見えるようになった今も、変わっていない。

男性のような口調で、誰に対しても敬語を使わず、学校の制服以外でスカートを穿くことはなく、頭はいいはずなのに成績は悪く、テレビを全く観ず、世間に関心を持たずに、ただ自分の興味を引く事柄だけを追いかける。

それが、僕の知る伏見ソラだった。

僕とソラの家は隣同士で両親も仲が良く、僕らはほとんど毎日、どちらかの家に集まって一緒に遊んでいた。

ソラの考え方や価値観は独特で、学校で起きた出来事や最近読んだ本のことを、ただ話すだけでも楽しかった。時々、ソラの使う難しい言葉が理解できなくて、辞書に頼ることもあったけれど。

今にして思えば、僕がソラと遊んでいたのは、クラスの女子で一番可愛いと言われているソラを独占できるという優越感を得たかった、なんて下心もあったと思う。
まあ、当時の僕に訊《き》きに行ったら、きっと真っ赤な顔で否定するに違いない。
ソラがいて、両親もいて、とても静かで穏やかな日々。
いつまでも続いてほしいと願うことさえ思いつかないような、当たり前の日常。
僕の隣には、いつも平穏があった。
けれど、僕がそのことに気づいたのは、そんな平穏を失ってからのことだった。

幕間【ぼくらの報復政策】

「アナタは人の願いを叶《かな》えるために生まれたの」

私に意識というものが芽生えてすぐ、そう言われた。

それから、名前と容れ物を与えられ、私は〝匣《はこ》〟の中から放り出された。

創造主――私を創り出した存在に教えられるまでもなく、私は自らの役割と、それを果たす術《すべ》を理解し、与えられた容れ物の中で、ひたすらに、待った。


強い願いを抱く人間との、出会いを。


誰かが、私の容れ物に触れる。

強く願う者であれば、私は容れ物から這い出し、その者の願いを叶える。

役目を終えると、また容れ物の中へ戻り、新たな願いとの出会いを待つ。

それをただ、繰り返す。

願いを感じ、目覚め、それを叶えて、また眠る。

短い目覚めと、長い眠り。

人が存在し続ける限り、終わることのない無限螺旋《らせん》。

多くの願いと出会った。多くの人を知った。そして、多くの別れがあった。

時間は流れ、人は輪廻《りんね》し、世界は変わっていく。

だが、私は変わることがない。

人に似た姿を持ちながら、老《お》いることはなく、自意識の変化も感じない。
おそらくは、創造主によってそのように創られたから。
与えられた容れ物の中は、実は世界の外であったかもしれない。
故に、世界の変化を、私は受けないのだろう。

願いを抱いていた人間の一人が、私を見て、こう言った。
「貴方が、神様なのですか？」
その人間は、私に縋《すが》りたがっていたようだった。
私を、自らの信仰する神だと思い込むことで安心を得ようとしていた。
それを理解した上で、私は、その人間の問いを否定した。
人の定義する神がいるとするのなら、私の創造主こそが、それであろうと。

世界を歪ませた、あの〝匣〟の中に在る者こそが。

第1章【明日の午後は】

その記事は、朝刊の社会面の隅にあった。

見出しを入れても二十行に満たない程度の短い記事は、まるで他の記事に紛れて身を潜《ひそ》めているかのようにも見えた。

『元俳優、獄中での手記を出版』

現在服役中の男が獄中での生活などを綴《つづ》った手記を一冊の本にまとめ、来月の下旬に出版する予定だという。

男が犯した罪とは轢《ひ》き逃げであり、二人の命を奪っている。

だが、男は自分の無実を主張しており、本の中でも、自分を懲役十年とした判決は不当判決だとする訴えを繰り返しているらしい。

その手記を書いた受刑者の名は、新藤《しんどう》射月《いつき》。

七年前、僕の両親を轢き殺した男だ。

◆

八扇《やおうぎ》駅から栗原東高校へ向かうバスの車内は、僕と同じ制服を着た生徒たちと、そのお喋りの喧騒で溢れていた。

僕は二人がけの座席の窓側に座り、後ろへ流れていく景色を眺めている。

バスの窓は、冷たい雨と結露の雫《しずく》で濡れていた。

隣に座っているのは、幼馴染みの伏見ソラ。彼女は静かに目を伏せ、眠っているようにも見えるが、多分、また何か小難しいことを考えているのだろう。

「今朝の新聞に、新藤射月の記事が載ってたよ」

窓ガラスを流れる雫を目で追いながら、僕は言った。

ソラが目を開《ひら》き、僕のほうを見るのが気配でわかった。

「刑務所で書いた手記を出版するんだって。タイトルは『あやまち』っていうらしいけど、それは〝自分のあやまち〟じゃなく〝司法のあやまち〟って意味らしいよ」

自分でも驚くくらい平坦な声が出た。まるで、僕の声だけサンプリングしたロボットが喋っているみたいに。

ソラも七年前の事故のことは知っている。当時、僕の家とソラの家は隣同士で、互いの両親は僕らが生まれる前から付き合いがあった。

事故のあと、僕が祖父母に引き取られてからは縁遠くなってしまったが、同じ高校に入学すると知ったときは素直に嬉しかった。

「そうか」

特に何も感じていないような声で、ソラが言った。僕は窓を見ているままで、彼女がどんな表情をしているかはわからない。

「それで……その記事を読んで、何を思ったんだい？　ナツヒコは」

「……わからない」

少し考えてから、僕はそう答えた。

「記事を見つけたときは、ちょっと驚いたけど……。それって多分、すごく久しぶりに新藤射月って名前を見たからだと思う」

喩《たと》えるなら、長いこと会ってなかった知人を旅行先で見かけた、という感じ。

「またか、とは思ったよ。自分は無実だって新藤はずっと言ってたし、裁判もそのせいで長引いたし。……でも、そのことで腹が立ったりはしてない……と、思う。自分でもよくわからないんだ」

事故の当時、子供だった僕は、憎しみという感情がどんなものかさえ知らず、感じていたのは、もう二度と両親に会えないのだという、押し潰されてしまいそうな悲しみだけだったように思う。

だから、新藤という男を憎んでいるかと訊かれたら、自信を持って首を縦に振ることはできないだろうし、かと言って横に振るのも気が進まない。

七年前の事故は、事故と言うより事件だと多くの人が言っていた。

目撃者がいたことから事故の数時間後に逮捕された新藤射月は、ほとんど泥酔状態で、事故の現場にはブレーキをかけた痕跡さえなかった。

もっとも、新藤は裁判で、酒は事故のあと気持ちを落ち着けるために飲んだと主張していたらしいけれど。

「ナツヒコは、新藤を憎んではいないのか?」

「わからない。……こういうのも、やっぱり親不孝って言うのかな」

濡れた窓ガラスに、自嘲気味に笑う自分の顔が歪んで映った。

新藤に直接会うことがあれば変わるのかな、とは思う。僕は両親が撥《は》ねられるところを目の前で目撃したが、担当検事の配慮で裁判に証人として出廷することはなかった。そんな必要がないくらい、新藤の罪を裏付ける証拠は多かったらしい。

僕が見たことのある新藤射月という男は、人気急上昇中の若手俳優だとテレビ画面の向こうで持て囃《はや》されていた。事故のあとにも同じ映像を何度かテレビで観たけれど、結局、この男が両親を殺したのだと確信することはできなかった。

「私は憎んでいるがね、新藤射月のことを」

「……え？」

「あの男のせいで、私は君と離れ離れになってしまったから」

反射的に、僕はソラの顔を見た。

ソラは僕のことを真っ直ぐに見つめ、悪戯《いたずら》っぽい微笑を浮かべていた。

「事故がなければ、中学校にも一緒に通えただろうに」

「それは、そう……だけど」

確かに、両親が事故で死ななければ、祖父母に引き取られることもなく、僕とソラはお隣さん同士、今より多くの時間を共有していたのは間違いない。

しかし、ソラの真意がわからず、僕は狼狽《うろた》えて瞬《まばた》きを繰り返した。

「今日は早く帰らねばならないんだろう？」

唐突にソラは話題を変えた。

「私の記憶が正しければ、今日は椛《もみじ》の好んでいるという作家の、新刊が発売される日ではなかったかな」

「えっ、あ、ああ……そ、そうなんだ。昨日、買っておいてって頼まれたよ」

照れ隠しなどではなく、ソラは昔から話題をアクロバットさせることがある。

僕もそれには慣れているはずなのに、今日は頭を切り換えるのに時間がかかった。ドキドキしている胸に、エネルギーを無駄に消費させられたからか。

「帰りに本屋に寄らなくちゃいけないから今日は参加できないって、部長に伝えておいてくれるかな」

僕とソラは同じボードゲーム部に所属している。名前のとおり、ただボードゲームで遊ぶだけの部なのだが、プレイレポートをまとめた部誌をひと月に必ず一冊は発行していて、校内で中々の好評を得ている。

だが、評価だけでなく部長の変人っぷりも知れ渡っているせいか、部員は少ない。

「ああ、構わないよ。椛の機嫌を損《そこ》ねるのは、君としてもあまり好ましいことじゃあないだろうからね」

椛というのは、今年で十歳になる僕の妹だ。子供らしからぬ落ち着きを持っていて、普段から口数が少なく、表情も乏《とぼ》しい。そんな様子では学校でも浮いているのではないかと心配になるが、意外と友達は多いようだ。

「まあ、ね。一度ヘソを曲げると、なかなか機嫌を直してくれないからね。前に一週間くらい無視され続けたときは、流石《さすが》に堪《こた》えた……」

「あれは君に甘えているんだよ」

僕が肩を落として言うと、ソラは優しげな笑みを浮かべた。

「不満を態度に表せるのは、君に信頼があるからこそだと思うな」

「そう、かな」

「そうだよ」

そんな他愛ない話をしている間に、バスは高校前の停留所に到着した。

途端、開いたドアから十一月の冷たい空気が流れ込んでくる。

「さ、行こうか」

ソラに促され、僕は決意を固めるように溜め息を一つ吐いてから、立ち上がった。

◆

「おはよう、アキト」

僕が声をかけると、下駄箱の前で靴を履き替えていた人物は、動作を一旦止め、僕のほうを見ながら目を丸くした。

「お？　おお、ナツヒコ。それに伏見も。おはよう！」

快活な笑顔。今朝の天気とは真逆の、爽やかな笑顔である。

間宮《まみや》アキト。僕と同じクラスに所属する、僕の友人だ。

「今日は随分と冷えるね」

僕も靴を履き替えながら、無難に天気の話題を振った。

「そうだなぁ。雨のせいかもしれんけど、いきなり寒くなったよなぁ。ナツヒコは大丈夫だったか？　お前、寒いの苦手だろ？」

「手袋をしてくればよかったって後悔してる」

「ん、なんなら貸してやろうか？　つっても、キーパー用の手袋だけどな」

アキトは冗談を言って呵々《かか》と笑う。僕もつられて笑った。

僕とアキトが話している間、ソラは隣のクラスの下駄箱の前で、黙って靴を履き替えていた。

元々、話題がないときでも無理に話すようなタイプではないが、アキトの前だと余計に口数が減るような気がする。

「あれ？　そう言えば、今日はサッカー部の朝練、なかったんだ？」

一年生の頃からアキトはサッカー部のエースとして活躍していて、現在でもレギュラーとして部を引っ張っている。それでいてルックスも優れているのだから、女子からの人気が高いのも不思議じゃない。

その割りに浮いた話は聞かないし、女子に囲まれているよりは、男子と馬鹿騒ぎしている印象のほうが強いけれど。

「中止だってさ。昨日からの雨でグラウンドが使えないからって。今朝メールが来たんだけど、バッチリ寝坊しちまってたから、正直助かったわ」

「案外、そのメールが目覚ましになってたり？」

「そうそう。起きてケータイ見たら部長からメールが来てて、ヤバッって飛び起きたけど朝練中止のメールだったから、安心して二度寝したりな」

おどけたように肩をすくめて言うアキト。そんな気取った仕草も、背が高く、どこか日本人ばなれした彫りの深い顔つきの彼がすると、とても様になっていた。

「ところで、ナツヒコ……」

脱いだ靴を下駄箱にしまいながら、アキトは何気なく続ける。

「なんか、あったか？　元気ないみたいだけど」

一瞬、言葉が出なくなって、硬直した。

僕の気持ちを察してくれて嬉しいという感情。同時に、心配をかけてしまって申し訳ないという感情が僕の中に興《おこ》った。

「い、いや。別に何もないよ。大丈夫」

「そうか？　それならいいんだが。てっきり、伏見と喧嘩でもしたのかと思ったぜ」

僕を元気づけようとしているのだろう。アキトは冗談めかして言った。

「そんなことないよ。第一、喧嘩した相手と一緒に登校したりしないし」

「仲直りするために誘う、ってこともあるだろ？」

「生憎《あいにく》だが、私とナツヒコが仲違《なかたが》いする理由などどこにもないね」

靴を履き替えたソラが、会話に割って入った。

「私たちはクリンカーと石膏みたいに仲がいいのさ。結合してセメントのような強固な絆を形成しているのだよ。こんな風にね」

そう言って、ソラはいきなり僕の手を握った。

「ちょ、ソラ？」

柔らかな感触と温もりに、頬がカァッと熱くなるのを感じた。

「こうすれば、ナツヒコの冷えた手を温めてあげることだってできる」

「おーおー。熱いねぇ。妬《や》けちゃうぜ」

真顔で言うソラに、囃し立てるアキト。

僕の顔は、きっと真っ赤になっているだろう。恥ずかしさに俯《うつむ》く。

「そんな恥ずかしがることないじゃん。仲良きことは美しきかな、って言うぜ？」

「うむ。そればかりは間宮と同意見だ。小さい頃は毎日のように手を繋いで登校したじゃないか。なんなら、明日からその風習を再開しようか」

「いや、それは、流石に……」

熱くなった頬を掻《か》きながら、苦笑する。

でも、ソラの手を振り払おうとは思わなかった。

ソラに手を引かれたまま、僕は二人と一緒に教室へ続く階段を上る。

胸の奥に、ソラの手から伝わるのと同じくらいの温もりを、確かに感じながら。

◆

下校時刻になり、僕は急いで帰りのバスに飛び乗った。

向かうのは、八扇駅から少し歩いたところにある大型書店。

椛に頼まれていた本は、新刊コーナーの端っこに置かれていた。積まれた山もごく小さく、あまり売れていないのかな、とお節介な心配をした。

書店を出て、僕は雨の中を自宅に向かって歩いた。

祖父母と暮らしている家は木造の二階建てで、僕と椛の部屋は二階にある。築五十年近い古い家だが、お祖父さんとお祖母さんがこまめに手入れをしているので、築年数ほど古くは見えない、小綺麗な家だ。

書店から十五分ほど歩くと、モダンな外見の新築物件の合間に、年季が染み込んで黒ずんだ瓦屋根が見えてきた。長い間、そこに住む家族を守り続けてきたという誇りを胸に、堂々と仁王立ちしている、お祖父さんに似て頑固そうな我が家だ。

しかし、僕は自宅を目の前にしていながら、足を止めた。

「あの車……」

家のほうからは見えない位置に止められている、黒い乗用車。それに凭《よ》りかかるようにしてタバコを吸っている、ヨレヨレのスーツを着た男。

僕はそのどちらにも見覚えがあり、うんざりした。

引き返して別の道から帰ろうか、と踵《きびす》を返そうとしたとき、男が僕に気づいて、タバコを携帯灰皿で揉み消しながらコチラに歩いてきた。

「やあ。ナツヒコ君。久しぶりだねぇ」

曲がったネクタイに無精髭《ぶしょうひげ》という、だらしない格好の男は、切って貼り付けたような愛想笑いを浮かべて言った。

彼の名は、浅井次郎《あさいじろう》。どこかの出版社で雑誌記者をしている男だ。なんという雑誌だったのかは覚えていないし、覚える気もない。

「……なんの用ですか」

僕は浅井を真っ正面から睨《にら》みつけ、可能な限りの不機嫌さを込めて言った。

数年前までの浅井なら、ここで「冷たいなぁ」だの「そんなに嫌わないでよ」だのと軽口を叩いていただろうが、今日は前置きなく本題を切り出してきた。

「新藤射月が本を出すことは知っているかい？」

僕は何も答えない。

「そうか。知っているんだね」

「……それが、どうしたと言うんです」

「許せないと思わないか」

愛想笑いが消え、浅井の目に鋭い光が宿る。憎しみの光だ、と思った。

「本の中でも、新藤は己の罪から逃げようとしている。懲役刑なんて生ぬるい罰では、あの男の性根を直すことはできなかったということだ。君は悔しくないのか。新藤が裁判で、どれだけ自分勝手な証言を繰り返してきたか、知っているだろう」

当然、知っている。事故を担当した検事さんは、何かと僕らを気にかけてくれていて、細かなことまでちゃんと説明してくれる人だった。

黙っている僕に構わず、浅井は勝手に喋り続ける。

「新藤は悪だ。唾棄《だき》すべき社会の悪だ。反省の情など微塵《みじん》もない。ヤツは君の両親にも非があったと主張しているんだ。君の両親を、侮辱するようなこともね」

知っている。だから言うな。そんな話、聞きたくない。

「だが、そんな極悪を再び社会に解き放とうとしている連中がいる。新藤のファンを中心として集った者たちが、減刑嘆願運動をしているんだ」

浅井は吐き捨てるように言った。

「信じられない話だが、そこそこの数の署名が集まっているなんて噂も聞く。新藤の手記が出版されれば、さらに増える可能性だってある」

「……僕に何をしろと?」

これ以上、話を聞きたくなくて、僕は言った。

「記事を書かせてくれ。新藤射月を糾弾するための記事だ。そこに、被害者遺族である君の心情を載せたい」

やっぱりそれか。この人は、初めて会ったときからずっと同じことを言っている。

そして、同じことを僕に言わせ続けるのだ。

「前にも言いましたが、お断りします」

七年前の事件はスキャンダラスな要素を多分に含んでいたから、マスコミの注目度も異常なほど高かった。

しかし、事故を起こした新藤射月は逮捕され、所属事務所は取材をシャットアウトし、新藤の家族も雲隠れしてしまって、マイクを向ける相手を渇望していたマスコミは、遺族である僕と椛に群がってきた。

連日連夜、怒濤《どとう》のように押し寄せてくる報道陣。自宅のインターフォンは彼らが何度も押し続けるせいで壊れてしまい、祖父母の家に引き取られてからも、昔気質《むかしかたぎ》のお祖父さんが、木刀を片手に何度彼らを追い返したか知れない。

そんな経験をすれば、誰だってマスコミを嫌いになるだろう。

浅井という男が本気であることは、目を見ればわかる。けれど、その本気が、新藤射月を糾弾したいという正義にあるのか、話題性のある記事を書いて注目を集めたいという欲にあるのか、僕には判断がつかない。

「何故だ？　君は新藤射月が憎くないのか！　罰したいと思わないのか！」

またか、という気持ちは浅井も同じなのだろう。

いつも飄々《ひょうひょう》としている彼には珍しく、僕に掴みかかってきそうな勢いだった。

「それは僕が訊きたい。どうして貴方は僕にこだわるんです？　仕事でやってるんじゃないんですか？」

僕が一歩引きながら問うと、浅井は激昂して叫んだ。

「オレも君と同じだからだ！　オレも娘を失った！」

浅井の目は、何かに取り憑《つ》かれたような色をしていた。

「娘は五歳だった。轢いたのはトラックで、運転手は飲酒状態。娘の体はタイヤに巻き込まれて原形をとどめていなかった」

言葉もなかった。何も言えず、ただ僕は浅井の目を呆然と見ていた。

「娘が死んですぐ、オレと妻は上手くいかなくなって、結局別れたよ。オレは何もかも失った。だが、オレから幸せを奪ったトラックの運転手は、たったの五年服役しただけで、今ものうのうと生きてやがる……！」

浅井も僕の目を見ている。しかし、そこに僕は映っていないだろう。ただ、娘を殺したトラック運転手の姿だけが、映っているに違いない。

憎しみに取り憑かれた人間は、こうなるのか。

それなら、やはり、僕は違う。

「君だって同じことを思ったはずだ。飲酒運転の罪は軽すぎると。酒を飲んだのも、そのあとで運転したのも本人の意思。なら、それで事故を起こして人が死んだなら、それは故意による殺人じゃないか」

「だから……僕に、新藤射月を罰しろと……？」

急激に冷静さを取り戻した浅井は、強く頷《うなず》いた。

理由はわかった。浅井が僕にこだわる理由が。それは、もしかしたら、大勢の人に支持してもらえる理由なのかもしれない。僕も、支持すべきなのかもしれない。

だが、しかし、これは……。

「そんなのは、違う」

「なに？」

「貴方は、僕を利用して復讐をしたいだけだ。いや、それ以下だ。だって、貴方の娘を轢き殺したのは新藤射月じゃない」

浅井は、僕にも復讐心があることを確かめて、自分の復讐心を正当化したいだけなんじゃないか。そして、正当性を得たら、この憎しみに取り憑かれた男は、きっと今度は自分の復讐を果たしたくなる……そう、思った。

何か言い返そうと浅井が口を開いた、そのとき。

甲高いブレーキ音が響き、次いで重い衝突音がした。そして、悲鳴が。

「なんだ!?」

浅井につられて、僕も音のしたほうを見る。

交差点があった。片側一車線の道路と、歩道のない路地が交差している。その交差点の真ん中に、若い女性が倒れていた。女性の傍《そば》にはフレームの拉《ひしゃ》げた自転車があって、辺りには女性の鞄の中身が散乱している。

女性の近くには軽自動車。車体の前部が凹んでいる。

震えながら降りてきた運転手の顔は、蒼白になっていた。

「事故だぞ！　き、救急車を！」

誰かが叫び、浅井が何も言わずに交差点のほうへ駆け出す。

僕はその場に立ち尽くしていた。

「あ……あ……っ！」

ブレーキ音。衝突音。悲鳴。それらの音が頭の中を激しく駆け巡る。

やがて、音の奔流は、記憶の海の底にあった音と混ざり合い、視覚記憶を伴って浅瀬の海岸へと怒濤となって押し寄せる。

見えたのは、赤い色。

赤い自動車。赤い血。信号だけは青い。

真っ赤に染まった地面に横たわる、お父さんと、お母さん。ピクリとも動かない。

誰かの悲鳴が聞こえる。

いつの間にか、赤い自動車はどこにもいない。

お父さん、お母さん。呼びながら近づく。二人とも動かない。

においなんのにおい?

ゴムの焼けたにおいと、これは、このにおいは、血の——。

「うっ……ぐぅ!」

七年前の記憶が、封印していた記憶が蘇《よみがえ》り、僕は口を押さえた。

最低最悪のフラッシュバックは、僕の五感を殴りつけるかのようで、強烈な目眩《めまい》を覚え、同時に腹の底から迫《せ》り上がってくるものを感じた。

口を押さえたまま、転がるようにして近くの公園へ走り、普段なら絶対に入りたくない、落書きだらけで不潔な公衆トイレの個室に駆け込んだ。

そして、便器に縋りついて、胃の中の物を全て吐いた。

「おえっ……うげ……ごほっごほっ!　……はーっ、はーっ……うぅ!」

吐いても吐いても、吐き気が込み上げてくる。

そんなことをしたって、七年前の記憶をトイレに流すことなんて、できないのに。

「はーっ……はーっ……はーっ………」

どれくらい吐いたのだろう。ようやく吐き気が収まった頃には、喉が焼けるように痛くなっていて、便器の中は吐瀉物《としゃぶつ》でいっぱいになっていた。

よろよろと立ち上がって水を流すと、誰かが個室の扉をノックした。

「おい！　ナツヒコ君！　大丈夫か！」

浅井だ。彼の声を聞いたらまた記憶の一部が蘇り、目眩がして、僕は扉に凭《よ》りかかった。吐き気が来なかったのは、もう吐ける中身がないからだろう。

「ナツヒコ君。さっきの事故で、思い出したんじゃないのか？」

浅井の声が頭の中でガンガン響いて、煩《わずら》わしい。

五月蠅《うるさ》い。五月蠅い。騒々しいのは嫌いだ。静かにしてくれ。

「そうだろう、そうなんだろう！　君も囚《とら》われているんだ！　七年前の事故に！　そこから逃れるためには、新藤射月を罰するしか……」

「黙れッ！」

僕が叫ぶと、静かになった。

「もう帰ってくれ！　アンタに話すことなんてない！　帰って……もう、僕を……僕を放っておいてくれ……！」

最後のほうは涙声になっていた。自分が泣いていることに気づくと、途端に体から力が抜け、ずるずると背を扉に擦《こす》りながら、床にへたり込んだ。

しばらくすると、遠ざかっていく足音が扉の向こうに聞こえた。

「うぅ……くっ……ふぐっ……！　あ、ああ……！」

無人になった公衆トイレに、自分のものとは思えない、親とはぐれた子供みたいな泣き声だけが、響き渡っていた。

◆

帰宅すると、出迎えてくれた椛に「何かあったの？」と訊かれた。

僕は頼まれていた本を渡しながら「なんでもないよ」と答えたが、なんでもなくないことなど、きっと妹には見抜かれていただろう。

それでも、何も問わずにいてくれた椛は、本当に優しい子だと思う。

眼鏡をかけるなどして、近眼のせいで常に鋭く細めている目をどうにかできれば、学校でも人気者になれるに違いない。

夕食は、午後七時に、必ず四人揃って食べる。

すぐ近所で起きた事故の話が食卓に上ることはなかった。お祖父さんとお祖母さんが知らないはずはないから、僕らに気を遣ってくれたのだろう。公園から帰る途中、買い物袋を手に立ち話している女性たちの声を聞いたが、あの事故の被害者は軽傷で済んだらしい。

フラッシュバックの衝撃を引きずっていた僕は、夕食を食べきれず、お祖父さんには叱られ、椛とお祖母さんには心配された。

自室に戻った僕は、布団も敷かずに畳の上に横になった。

僕の部屋は六畳の和室である。小さな窓と、その横に置かれた文机、それに座布団が一枚あるだけの部屋だ。

テレビは好きではないし、祖父母に養われている身で娯楽に耽《ふけ》る気にもなれない。いらないと言ってもお祖母さんは毎月お小遣いをくれるが、手をつけずにそのまま貯金している。

横になったまま、天井を見上げる。

小さな頃は、天井の木目が化け物に見えて、とても怖かったのを思い出した。

今日は、凄く疲れた。

どうして、こうなのだろう。今日も昨日も明日も、同じ一日だったらいいのに。朝起きて、ソラと学校へ行って、アキトとバカみたいな話をして、部活に参加して、家に帰って眠る。ただそれだけの当たり前を、どうして毎日繰り返せないのだろう。

平穏がほしい――そう思う。

人生にイベントなんていらない。そんなのは、両親の死だけで十分だから。

「明日は、何が起こる……？」

また、新藤射月の名を新聞に見つけてしまうかもしれない。

また、浅井次郎が来て、記事を書かせろと言ってくるかもしれない。

また、七年前みたいに、マスコミの群れが押し寄せてくるかもしれない。

また、前触れもない事故で、大切な人を失うかもしれない。

僕はゆっくりと目を閉じた。

視界が暗闇に包まれても、眠ることはできない。両親が死んでから、熟睡できたことなんて一度でもあっただろうか。いつだって眠りは浅く、恐ろしい夢を見ては夜中に飛び起きる、その繰り返しだった。

それはきっと、何が起こるかわからない明日への恐怖からだ。

「明日なんて、来なければいいのに……」

僕は明日が怖い。未知の明日が恐ろしくて堪らない。

明日という暗黒には、きっと僕の大切な人を食い殺す化け物が棲《す》んでいるから。

「……？」

不意に、右手の親指に痛みが走った。

目を開けて見ると、親指の爪がガタガタになっていて、指先から血が滲《にじ》んでいる。気づかないうちに、自分で噛んでいたのだ。

両親が死んだ直後から始まって、最近ではすっかりしなくなっていた癖――カウンセリングの先生からは、強いストレスのせいだと言われた癖だった。

右手を下ろし、また天井を見上げたとき、

「……えっ!?」

部屋の異変に気づいた。

全てが白黒に見える。天井の木目も、電灯も、何もかもが、まるで昔の無声映画の中に放り込まれたみたいに、モノクロになっていた。

「な、なんだこれ」

慌てて上半身を起こし、部屋を見渡す。

やっぱり、全てがモノクロだった。だが、さっきまで見ていた右手には色がある。体を見まわすと、モノクロの世界の中で、僕だけが色を保っていた。

自分の目がおかしくなったのかと目を擦ってみても、世界に変化はない。

――目じゃないのなら、ついに僕の頭がおかしくなったのか？

そんな風に考えた次の瞬間、

「ねぇ。ルマちゃん知らない？」

すぐ横から声がして、全身がビクンと跳《は》ねた。

声のしたほうを見ると、知らない女の子が畳の上に体育座りしていた。

彼女には色があった。ショートカットの髪はピンクに近い赤色をしていて、肌は白っぽいが、確かに肌色をしている。

「き、君は……？」

「なあに？　寝ぼけてるのかな？　ルマちゃんのこと、教えてよ」

僕の問いには答えず、彼女は不満げに口を尖《とが》らせて言う。

年は僕とそう変わらないように見えるけど、本当に知らない子だ。黒いショートパンツに、黒いベストを着ていて、その下は胸元の大きく開いた白いシャツと、今の世界と同じ白黒の出で立ち。なんとなく、カジノのディーラーを僕は連想した。

「る、るま……ちゃん？」

「そう！　ルマちゃん！　知ってるよね？　どこにいるの？」

「え、あ、いや、ちょ……」

笑顔を浮かべ、彼女がズイと身を乗り出してきて、反対に僕は体を引いた。

何がなんだかわからない。

彼女は誰だ？　この世界はどうなってしまった？　ルマちゃんというのは？

「ちょっと、聞いてる？」

そう言って彼女は手を伸ばすと、混乱している僕の頬を、むにっとつまんだ。

頬に触れた彼女の指先は、黒い手袋に包まれているのに、氷のように冷たかった。

「おーい、聞いてますかー?」

むにむにむにっ。僕が反応しないのをいいことに、彼女は僕の頬を色んな方向に引っ張って遊び始めた。

まるで現実味のない光景だ。世界は相変わらずモノクロだし、おそらく初対面のはずの見知らぬ女の子が、僕の頬を弄びながら笑っている。

これは、そう、まるで——。

「僕は、夢を見ているのか……」

両親が死んでから見るようになった、荒唐無稽《こうとうむけい》で恐ろしい夢たち。

僕が今見ているのは、その一つに違いない。

「夢?　うーん、まあ、そういう見方もあるかなー」

ほら、彼女もそう言っている。これは夢なんだ。

夢だとしたら、何も恐れることはない。今まで自分の死ぬ夢を何度も見たが、とりあえず夢のとおりに死んだことはないからだ。それに、夢はいつか覚める。

「あの……君は、誰?」

ひとまず、そう訊《たず》ねてみた。頬をつままれているので、変な発音になったが。

「わたし?　わたしはマキちゃんだよ」

「マキ、ちゃん?」

「そ。ネジマキのマキちゃん」

そう名乗る彼女は、無邪気な笑顔を浮かべ、僕の頬を解放した。

自分のことを「ちゃん」づけで呼ぶなんて、見た目の割りに子供っぽいな。顔に浮かぶ表情も、年相応より大分幼く見える。

これが僕の夢だとしたら、彼女も僕の頭が創り出したということになるが、ひょっとして僕の深層心理はこういう女性が好みなのだろうか。……いや、あまり考えないでおこう。なんだか健全じゃないし。

「それで、その……ま、マキちゃんは、僕に何か用があるの？」

「はあぁ？　さっきから何度も言ってるじゃない。馬鹿なの？」

心底呆れた、という表情でマキちゃんは言う。

「ナツヒコはルマちゃんのこと知ってるでしょ？　どこにいるか早く教えてよ」

どうして僕の名前を知っているのか、なんて思わない。これは僕の夢なんだから、夢の登場人物であるマキちゃんが僕の名前を知っていても不思議はない。

「いや、ルマちゃんなんて子、知らないけど……？」

「えぇぇぇ〜？　ウッソだぁぁ！　だってルマちゃんの気配するじゃん！」

「け、気配とか言われても……」

本当に知らないのだ。ルマなんて名前、珍しいから忘れるとも思えない。

「ひょっとして、ナツヒコ、ルマちゃんのこと隠してる？　どっかに監禁してイタズラしようとしてるんじゃあないでしょうね⁉」

「そ、そんなことするわけないよ！」

なんて人聞きの悪いことを言うんだ。

「本当でしょうね？」

マキちゃんは、半眼でジロリと僕の目を睨んだ。

迫力のある視線だが、もし目を逸《そ》らしたら犯罪者認定されてしまいそうなので、ぐっと見つめ返す。

「……嘘は、吐《つ》いてないみたいだね」

十秒ほど僕の目を凝視してから、マキちゃんは言った。

どうやら疑いは晴れたようで、僕はホッと息を吐いた。なんで自分の夢で犯罪者だと疑われなくてはならないのだろう。

「でもさ、監禁はしてなくても、会ったことはあるでしょ？」

「知らないって言ってるのに……。そもそも、ルマちゃんって、どんな子？」

「そりゃもう！　わたしにソックリな超絶美少女だよ！」

えへん、と胸を張って言う。確かに、目の前にいる彼女はアイドル顔負けの美形だけど、自分で超絶なんて言うのは恥ずかしくないのかな。

しかし、マキちゃんにソックリだというのなら、やはり僕はルマという子に会ったことはない。こんな印象的な容姿、一度見たら忘れることはないと思う。

「あとはねぇ、わたしと違って、丸い容れ物に入ってるよ」

「は？　容れ物？」

容れ物に入っている美少女って、なんだ？

人形か何かか？　それとも、箱入り娘みたいな形容？

「い、一応、訊いておくけど……ルマちゃんは人間なんだよね？」

「うーん、微妙、かな？」

マキちゃんは顎《あご》に指を当て、首を傾《かし》げながら言う。

「どっちかって言うと、人間！　強《し》いて言うなら、人間！」

「なんなの、その曖昧な存在……」

僕は頭を抱えたい気分になった。

いくら夢だとはいえ、わけがわからないにもほどがある。僕の精神は、こんな意味不明な人物を妄想してしまうくらいに追い詰められていたのだろうか。

「ナツヒコ、ルマちゃんのこと、知らないの？」

「さっきからそう言ってるよね？」

「おっかしいなぁ。近くに感じるんだけどなぁ……」

マキちゃんは眉間《みけん》に皺《しわ》を寄せ、腕組みをして思案し始めた。

「あのさ……マキちゃんは、どうしてルマちゃんを探しているの？」

「んー、なんとなく？」

「あ、そう……」

どうやら、彼女を理解しようとするのは無駄な努力のようだ。マキちゃん自身、自分が何を思って行動しているのか、理解していないように見える。もっとも、自分の思っていることを完璧に理解している人間などいないのかもしれないが。

「あーあ。知らないいんじゃ、仕方ないよね」

ふぅ、と溜め息を吐くマキちゃん。

「まったく、ナツヒコってば役立たずだよね」

流石にカチンとくる物言いだった。勝手に勘違いしたのはそっちだろう、と言ってやりたいが、我慢する。自分の夢に腹を立てても不毛なだけだ。

「でもなぁ、このまま帰るのもなぁ……あ、そうだ！」

マキちゃんは、ぽんっと手を打った。

「ナツヒコの願いを叶えてあげるよ！　ついでだから！」

「……願い？」

「そ。何かあるでしょ？」

満面の笑みで身を乗り出してくる。じっと僕を見つめる瞳は、深い海を思わせるような色をしていて、見つめ返していると吸い込まれそうな気がした。

一体、この子はなんなのだろう。

唐突に現れて、突然に怒って、急に笑って、いきなり願いを叶えてあげる、だ。

夢の住人、妄想の産物、そう断じてしまうには、あまりに規格外。これが夢なら、彼女も僕の記憶から生み出されたことになるが、マキちゃんの一部分だけでも僕の中に存在しているとは到底思えない。

「願いって、マキちゃんが叶えてくれるの？」

「そうだよ！　マキちゃんは神様だからね！」

自信ありげに、ふふん、と笑う。確か、こういう表情のことを〝ドヤ顔〟とか言うんだっけ？

「神様？　マキちゃんが？」

「マキちゃんが神様。神様がマキちゃん。どっちも正解だし、どっちも間違い」

「……どういう意味？」

「さあ？　意味なんて、ないんじゃない？」

神様。神様か。もし本当に神様がいるのだとしたら相当に意地の悪いヤツだろうなと思っていたが、なるほど。意地が悪いんじゃなく、ただ理解不能だっただけか。

まあ、それはマキちゃんが神様なら、という話だけれど。

「願い、か……」

なんとも都合のいい話、都合のいい夢だ。

願いの叶う夢なら、今までに何度も見た。両親が生きていて、今も一緒に暮らしているという夢だ。大抵は、途中から悪夢に変わる。

だが、夢の中で願いを叶えてあげると言われたのは、多分、初めてだろう。

「願いって、なんでもいいの？」

「いいよ。ただし、叶えてもらえる願いを百個にしてください、とかはダメね」

マキちゃんは顔の前でバッテンを作った。

なんでもいい、か。

どうせ夢なんだから、という気持ちで、僕は少し真面目に考えてみた。

両親を生き返らせてください、は駄目だ。死んだ人間が蘇った、なんて話になったらまた大騒ぎになる。それに、何かのマンガで、死者を生き返らせてくれと願ったら、死んだときの姿のまま蘇ってしまう、という話もあった。

では、両親の死をなかったことにしてください、か？　これならなんの問題も起きないだろう。両親と妹と一緒に暮らし、ソラとも離れ離れになることはない。

「いや、駄目だ……」

また失ったら、どうする？

未知の明日には、何が潜んでいるかわからない。

また両親を事故で失う可能性が、ないと言い切れるのか？

七年前の、あの光景。赤い血、赤い自動車、嫌なにおい。

あれがまた繰り返されることになるかもしれない。そうならない保証は、ない。

そうだ。僕の本当の願い。それは、きっと――。

「僕は平穏に暮らしたかった……」

「へーおん？」

「うん。僕は、平穏な未来がほしい。不幸な出来事なんて何もない、静かで、いつもどおりで、平穏な未来がほしいんだ」

唐突に大切な人を失うことのない、未来が。

「ふーん？　ナツヒコは、明日が怖いんだ？」

マキちゃんは僕の心を見透かしたかのように言う。

「変わってるね。それに弱いなぁ。でもま、ウンコよりはマシか」

「ウンコって……？」

「こっちの話だよ。……はい、じゃあ、これ」

女の子座りしたまま、マキちゃんは右手を僕に差し出した。

どこから取り出したのか、その手の平には、一つの立方体があった。

「これは？」

「ナツヒコの願いを叶えてくれる道具だよ」

受け取った立方体は、一辺が五センチほどの正六面体だった。

手で触れても材質がわからない。金属にしては軽く、手触りが滑《なめ》らかだ。

「でも、気をつけてね」

マキちゃんは僕の顔を下から覗《のぞ》き込むようにして、言う。

彼女の表情はさっきまでと一変し、子供っぽさが消え、妖艶《ようえん》さが漂っている。

「魔法を使うには、ＭＰを消費しなくちゃいけないんだよ？」

「それって……代償が必要っていうこと？」

「代償、代価、反動、反発、名前も意味も全部同じ」

甘ったるい声。まるで別人のような。

「それはね、箱なんだよ」

「箱？」

「何かを箱に入れようと思ったら、中に入っている物を外に出さなきゃいけない。箱はいつだって満杯だからね。そうしないと、箱が壊れちゃう。箱は世界と同じなんだよ。世界が箱と同じなんだって言ってもいいけど」

箱が先？　世界が先？　そう言ってマキちゃんはクスクスと笑う。

「……よく、わからない」

「ナツヒコは頭が悪いね」

笑いながら、マキちゃんは僕の首元に顔を近づけ、ふぅっと息を吹きかけてきた。僕は何も反応できなかった。ただ、潤《うる》んで見える彼女の瞳に目を奪われていた。

そんな僕を小馬鹿にしたような笑みを浮かべ、マキちゃんは立ち上がる。

「じゃあね、ナツヒコ。ルマちゃんに会ったら教えてね」

不意に、僕は目眩に襲われた。

視界がぐにゃりと歪み、体を起こしていられなくなる。

背筋を嫌なものが這いずっている感覚がして、思わず強く目を閉じた。

「……はっ？」

目を開くと、自室の天井が見えた。

木目調の天井は、古色蒼然《こしょくそうぜん》としているが、色はある。

僕は畳の上で仰向けになっていた。首を動かして室内を確かめると、世界に色彩が戻っている。さっきの強烈な目眩はなくなっていた。

「色が、ある……？　……マキちゃんは？」

慌てて体を起こすが、息がかかる距離にいたはずの少女は、影も形もなかった。

柱にかかった時計を見上げると、時刻は午後十一時を回っている。

「夢か……やっぱり」

妙な夢だった。普段の悪夢に比べれば、ずっとマシではあったけれど。

「……ん？」

自分の手に何かが握られていることに気づく。

見ると、それは一枚のカードだった。

トランプよりは大きく、葉書よりは小さい。角は丸く、厚手の紙でできている。雪の結晶のような綺麗な模様が描かれていた。

「なんだ、これ」

全く見覚えがない。

明日の午後は雨が降
傘を持っていくこと

サイズ的にタロットカードを連想したが、僕はタロットカードなど持っていない。

裏返すと、白地に黒い丸文字で、短い文章が書かれていた。


『明日の午後は雨が降る。傘を持っていくこと』


何度かその文章を読み返し、僕は首を捻《ひね》った。

このカードは、なんなのだろう。畳で横になる前は持っていなかった。ということは、さっきの妙な夢を見ている間に、誰かが僕の手に持たせたのか？

「椛、かな？」

椛は、僕に甘えているつもりなのか、時々小さな悪戯《いたずら》を仕掛けてくることがある。このカードもその一つかもしれない。まさか祖父母ではないだろうし。

それにしても、明日の午後は雨……か。

天気予報で俄雨《にわかあめ》の情報を知って、それをカードで僕に教えてくれているのかな。随分と遠回りな伝え方だが、椛らしいと言えばらしい。

ただ、椛が書いたにしては、字が下手すぎるような気もする……。

「まあ、いいか」

考えるのをやめ、カードを机の上に置いた。

もう大分遅くなってしまったが、シャワーだけでも浴びて布団に入るとしよう。どうせ、ろくに眠れはしないだろうけど……。

◆

教室の窓から見上げた空は、雲一つない青一色だった。

人工降雨機でも持ってこない限り、雨など降りそうにない。

「どうしたナツヒコ。なんか面白い物でも飛んでるか？」

アキトが陽気に話しかけてきた。

今は授業の合間の休み時間。教室内は少し騒がしい。

「今日って、雨、降るかな？」

質問には答えず、僕はそう言った。

特に面白い切り返しが思いつかなかったからだ。

「雨？　んなこと、天気予報でも言ってなかったぜ？　第一、雲がなけりゃ、雨は降らないんじゃないか？」

「そうだよね……」

今日の降水確率は〇パーセント、お天気キャスターもそう断言していた。昨日の寒さが嘘のように気温も高く、半袖でもすごせそうな陽気だ。実際、僕の隣に立って空を見上げるアキトは、シャツの袖をまくっていた。

今朝、僕は鞄に折りたたみ傘を忍ばせて登校している。このままいくと、ただ鞄の重量を増やしただけに終わりそうだ。

「まあ、確かに晴れちゃいるが、晴れてても雨が降ることはあるだろ。天気雨ってのもあるし」

「狐の嫁入り、って言うんだっけ？」

「狐に限らず、天気雨は動物の結婚と結びつけられることが多いらしいけどな」

「よく知ってるね、アキト」

「前にウィキペディアで調べた」

アキトは親指を立てながら、昨日マキちゃんが「神様だからね！」と言ったときと同じような表情をした。ドヤ顔だ。

なんで狐の嫁入りなんて調べたんだろう、と思ったが、訊かずにおいた。

「ナツヒコは雨が降ってほしいのか？」

「いや、そういうわけじゃないけど……」

折りたたみ傘を無駄にしたくない気持ちはある。でも、それよりカードのことが気になっていた。

もし、あれが本当に椛の書いたものだとしたら、椛はどこで『明日は雨が降る』なんて情報を得たのだろう。それとも、あの文章はデタラメで、信じて傘を持って出かけた僕を笑うつもりなのか？　いや、そんな意地の悪い子ではない。

「俺は降ってほしいけどなぁ、雨」

アキトが溜め息まじりにぼやく。

「そうすりゃ練習中止になるし。先輩の指導がキツくってなぁ……」

「前は、厳しくされるのは頼りにされているからだ、って言ってなかった？」

「頼りにされてても、キツいのはキツいんだ。……おっと、もう授業始まるぞ」

教師が教室に入ってきて、僕とアキトは席に戻った。

授業が進み、昼休みをすごし、放課後になっても、雨の気配は訪れなかった。

「今日はナツヒコの一人勝ちだったね」

「運がよかっただけだよ」

ボードゲーム部の活動を終え、僕はソラと二人で帰りのバスに乗り込んだ。

ちなみに、今日の活動は最新版の人生ゲームで遊ぶこと。結果は僕の圧勝で、最下位のソラは借金まみれに終わった。

「一見、運だけで勝負を左右されそうなゲームにも、コツはあるんだがね……」

僕の隣で吊革に掴まりながら、悔しげな表情を浮かべるソラ。意外と負けず嫌いなところがある。

「そうだ。今日は君の家に寄ってもいいかな？」

「ん？　いいけど？」

「たまには椛に顔を見せなくてはね。あの子はあれで寂しがり屋だ」

ソラと椛は仲がいい。はっきり言って、椛は僕よりソラによく懐いている。時々、ソラと椛は本当の姉妹なんじゃないかと思うほどに。

八扇駅前でバスを乗り換える。普段なら、ここで別れて、ソラは電車で自宅に帰るのだが、今日は一緒に僕の自宅方面へ向かうバスに乗り込んだ。

バスの車窓から見える景色は茜色《あかね》に染まっている。

「ソラはさ、今日このあと雨が降ると思う？」

「面白いことを訊くね？　可能性はゼロじゃないだろうが、限りなく低いと思うよ」

「だよねぇ……」

何故そんなことを、と訊かれたが、どう説明すればいいのかわからないので、なんとなく、と誤魔化した。

やっぱり単なる悪戯だったのか……。

そう思いながら、停留所に着いたバスからソラと連れ立って降りる。

そして、僕は唖然とした。

「雨だ……」

雨が降っていた。

停留所の屋根を雨粒が打ち、不規則なメロディを奏《かな》でている。

ついさっきまでは茜色だったはずの曇天を見上げ、つい口をあんぐりと開けてしまう。あの黒々とした雲は、一体いつ、どこから流れてきたというのか。まるで、その場でモクモクと湧いて出たとしか思えない。

「雨だね……」

隣に立つソラも、ぽかんとした表情を浮かべていた。

「可能性は限りなく低い、とか言っておいた直後にコレか。参ったね」

くくっ、と小さく笑い、彼女は僕のほうを見た。

「さて、どうしようか。このまま雨宿りでもするかい？　それとも、濡れるのを覚悟で君の家まで走ろうか？」

雨は土砂降りと言うほど強くはないが、その分、長く降りそうに思える。

かといって僕の家までは走っても数分はかかるから、二人とも濡れ鼠《ねずみ》になる。

僕は、驚きから抜け出せないまま、鞄から折りたたみ傘を取り出した。

　すると、ソラは目を見開き、

「おいおい……なんだ、随分と準備がいいね。ひょっとして、俄雨が降るという予報でもあったのかい？」

「そういうわけじゃないけど……まあ、椛のお陰かな」

　言いながら開いた折りたたみ傘は小さめで、二人で入るとどうしても肩が雨に濡れてしまうが、何もないよりはマシだろう。

　僕らは肩を寄せ合うようにして傘に入り、雨の中を歩き出した。

「こういうのを、相合い傘というのだろう？」

　ソラが言う。声も顔も近い。僕は心臓の鼓動が早くなるのを感じた。

「確か、相思相愛の男女がする行為だとか聞いたが？」

「いや、そうとも限らないんじゃないかな……」

　ソラの表現が直接的すぎて、つい誤魔化してしまった。

「そういえば、矢印のような絵の下に男女の名前を書いた図も、相合い傘と言うんじゃなかったかな？　小学生の頃、黒板に私たちの名で書かれたことがあったね」

「あ、あったかな……？」

「あったよ。顔を真っ赤にした君がすぐに消してしまったがね」

　目を細め、優しげな微笑を浮かべるソラから、僕は顔を逸らした。

　多分、今の僕の顔は、相合い傘を消したときと同じ色になっているだろう。

「ところで、君はさっき、椛のお陰だといっていたけど、どういう意味だい？」

「ああ、それは――」

僕がカードのことを話すと、ソラは感心したように、

「ほお、椛がそんな粋なことを」

「粋かどうかはわからないけど、助かったよ」

帰ったら、お礼を言っておこう。

「しかし、なんだね。タネを明かしてしまえば大したことはないのだな」

「タネって？」

「いやなに、君が折りたたみ傘を出したとき、まるで未来予知だと思ったのさ」

「僕が、雨が降ることを予知していたってこと？」

うん、とソラは少し照れたように頷いた。

「未来予知……か」

そんなことができたら、僕も平穏に暮らせるのだろうか。

明日誰かが事故に遭うと知っていれば、それを防ぐこともできるだろう。

「いいな、未来予知」

不幸な出来事を予め《あらかじ》知り、全て避けられる。夢のような話じゃないか。

まあ、本当に夢——妄想上にしか存在しない能力だろうけど。

「それほどいいものじゃないさ」

まるで、未来予知を体験したことがあるかのように、ソラは言う。

「未来を予知できてもね、実はそんなに意味がないんだよ」

「意味が、ない？」

「ああ。……っと、そろそろ家に着くぞ」

ソラが指差す先に、雨に濡れて一層古びて見える我が家があった。

「未来予知については、また今度話そう。あまり面白い話でもないがね」

「そうなの？　ソラの話は、なんでも面白いと思うけどな」

たまに難しすぎて理解できないこともあるけど。

「そんな風に言われては、余計に焦《じ》らしたくなるなぁ」

ソラは照れ臭そうに笑った。

古めかしい引き戸の扉を開けて、玄関に入ると、蚊の鳴くような声に出迎えられた。

「あ。……おかえり」

妹の椛だ。初対面の人は、大抵、目つきの鋭さにビビる。

別に誰かれ構わず睨みつけるのがクセというわけではなく、近眼で目を細めないと物がよく見えないだけだ。眼鏡をかけるようにと僕も何度か薦《すす》めたのだけど、どうも椛は眼鏡をかけるとブスになると思い込んでいるらしく、街の眼鏡屋に近づこうとさえしない。

そんな、祖父に似て頑固者な妹の足元には、赤いランドセルが置かれていた。ちょうど、僕らの一足先に帰ってきたばかりのようだ。

「ただいま。……あれ？」

挨拶を返した僕は、妹の姿に首を傾げた。

「やあ、椛。久しぶりだね」

「ソラちゃん？　いらっしゃい」

椛の口の端がピクリと動く。家族以外ではソラぐらいしか見分けられないが、これが椛の満面の笑みだ。

それはともかく、僕は椛を見て感じた疑問を口にした。

「どうしたんだ、椛。ずぶ濡れじゃないか」

「……雨」

当たり前のことを訊くな、とでも言いたげな表情で睨まれた。

椛は頭をタオルで拭いていて、全身が濡れている。誰が見ても、雨の中を走って帰ってきたんだな、と思うだろう。

「どうやら、例のカードは椛の仕業ではないようだね」

「うん。そうみたいだ」

僕とソラのやり取りに、椛はキョトンとしていた。

明日は雨が降るから傘を持っていけ、そんな警告を発しておきながら、自分は傘を忘れて雨に濡れる。僕の妹は、そんなドジッ子ではない。

だとしたら、あのカードは一体誰が？

「それより、椛、いつまでもそんな格好でいては体に悪い。風呂にでも入って温まってきてはどうかな？」

そう提案したのは、靴を脱いで玄関に上がったソラである。

「なんだったら、久しぶりに私も一緒に入ろうか」

「……うん」

椛の顔が輝くのが、兄である僕にはわかった。二人は本当に仲が良い。

試したことはないけれど、眼鏡もソラが薦めればかけてくれるかもしれないな。

「別に構わないよね、ナツヒコ？」

「ああ、勿論」

ソラが僕の家に遊びに来るのは珍しいことではない。泊まったことも何度かあり、そういうときのためにソラ用の着替えや布団も用意されていた。

「お風呂は沸かせばすぐ入れると思うから。あと、着替えはいつものとこ」

「ありがとう。……それじゃ、椛、行こうか」

手を繋いで風呂場に向かう二人を見送り、僕は自室に戻った。

小さな頃から寒さを天敵としている僕としては、部屋に飛び込んですぐに暖房器具のスイッチを入れたいところだが、残念ながら、僕の部屋にはエアコンは疎《おろ》かストーブすらない。本音を言えば、ソラや椛を差し置いて風呂で温まりたい気分だった。

寒さによる震えを感じながら、鞄を置き、肩が濡れてしまった制服を脱ぐ。

そのとき、ふと、机の上のカードが目に入った。

「……えっ!?」

ありえない物が見え、僕は制服を脱ぎかけのまま固まった。

カードは、文字が書かれたほうを上にして置いていた。そこには、黒い丸文字で『明日の午後は雨が降る。傘を持っていくこと』と書かれていたはずだ。

しかし、今見えているカードには、何も書かれていない。

僕は急いで制服を脱ぎ、飛びつくようにしてカードを手に取った。

「文字が、消えてる……?」

真っ白になった表面には、文字の痕跡すら残っていない。最初から何も書かれていなかったかのように。

白い面を指で強く擦るが、変化はない。修正液で消したわけでもなさそうだ。

最近では、書いた文字を消せるペンがあると聞いた。しかし、そのペンで書いたのだとしても、こんなにも綺麗に、微塵も跡を残さずに消せる物なのだろうか？

それとも――。

「まさか、夢？」

昨日は妙な夢を見た。カードに書かれた文字を見たのも、夢の一部だったのか？

「そんなこと、あるのか……？」

今まで十数年生きてきて、そんな経験をしたことは過去にない。

雨の雫が、頬を伝う。冷や汗だったかもしれない。

僕はなんだか恐ろしくなり、放り投げるようにしてカードを机の上に戻した。

◆

今夜の食卓は、五人で囲むことになった。

僕と、椛と、お祖父さんと、お祖母さんと、そしてソラと。

ソラ一人が増えただけなのに、いつも以上に楽しい夜だった。

夕食のあと、僕はソラを家まで送り、帰宅した頃には午後九時近くになっていた。

それから、宿題を済ませ、入浴をし、今は敷いた布団に横になっている。

時刻は午後十一時ちょっと前。

僕は、蛍光灯の明かりに透かすようにして、例のカードを眺めていた。

「なんなんだ、これ……」

何度同じセリフを呟《つぶや》いたかわからない。

考えても考えても、文字が消えてしまった理由は思いつかなかった。

そもそも、これは誰が作ったカードなのか。椛でないとしたら、可能性があるのは、お祖父さんとお祖母さんだけ。しかし、なんのために？

「明日、訊いてみようかな……」

それが一番確実だろう。そう結論づけたとき、

「つぅ……？」

きぃぃーん、と急な耳鳴りがして、それが治まると、

「なっ!?　んだ……？」

眺めていたカードの白い面に、変化が生じた。

驚いて体を起こした僕の目の前で、まるで染み出すように黒い丸文字が出現する。

それは、こんな文章だった。


『明日、バスが事故を起こす。いつもより早いバスに乗ること』


息が止まりそうなほど、動転した。

――なんだ、これは、なんだ、一体、事故、バス、どうして、なにが。

心臓が壊れそうなほど激しい音を立てる。ぜーぜーという自分の呼吸が聞こえる。

「……うぅっ！」

吐き気が込み上げて僕は口を押さえた。

僕を動転させたのは、いきなり文字が浮かび上がるという怪現象では、ない。

はっきりと記された事故という単語。

――事故を起こす？　僕が事故に遭うのか？　両親のように？　今度は、僕が？

またフラッシュバックが起こる予兆を感じた。

僕は口を押さえたまま立ち上がり、一階のトイレへと向かった。

そして、便器の中に、あんなに美味しかった夕食を、全て吐いた。椛や祖父母を心配させたくないから、必死で声を殺し、静かに。

吐いたあと、洗面所で口をすすぎ、フラつく足取りで自室に戻った。

布団の上にあるカードには目もくれず、携帯電話を手に取る。

頭がぼーっとしていた。何も考えられない。

けれど、自分が何をすべきかだけは、はっきりと自覚していて。

僕は彼女に電話をかけていた。

「……あ。もしもし、ソラ？　ゴメン、こんな時間に。……え、いや、大丈夫。あのさ、明日なんだけど、よかったら一緒に学校行かない？　……うん、そう。駅前で待ち合わせして。……いい？　よかった。それでさ、できれば、いつもより早い時間のバスに乗りたいんだ。……うん。はは、ゴメン。モーニングコールくらいするからさ。……うん、うん。ありがとう。それじゃ、また明日。……おやすみ」

通話を終えると僕は携帯電話を放り出し、そのまま布団に倒れ込んだ。

◆

朝練を終えて教室に来たアキトは、僕を見て少し驚いた。

「おお？　なんだナツヒコ、今日はやけに早いな」

それに僕は、ちょっとね、と曖昧に答える。

「ってことは、伏見も一緒か？　アイツ、朝に弱いとか言ってなかったっけ？」

「うん。だから、今は多分、凄く不機嫌だと思うよ」

「マジか。そりゃマズイな。今日一日、近づかないほうがいいかもな」

「そんな、人を怪獣みたいに言わなくても……」

真剣な表情で言うアキトに、苦笑する。

そうしているうちに、担任教師が入ってきた。教室を満たしていた喧噪が、萎縮《いしゅく》するように小さくなった。

「随分と早いな。まだホームルームの時間じゃないのに……」

「うん……」

先月入籍したばかりで新婚ほやほやの男性教師は、いつもより大分緊張した面持ちで教壇に立った。

「あー、みんな、そのままで聞いてくれ」

席に戻りかけた生徒たちが、立ち止まって視線を担任に集めた。

その視線を受け止め、深く呼吸しながら教室を見渡してから、担任は言った。

「もう知っている者もいるかもしれないが……今朝、八扇駅から高校方面に向かうバスのうち

「一台が、事故を起こした」

鳴りを潜めていたはずの喧噪が、また一気に教室を包んだ。

「静かに！　静かに！　落ち着け、そんな大層な事故じゃないんだ。ちょっとした追突事故で、怪我人もいない。それで、そのバスにはウチの生徒も何人か乗っていて、怪我はないが、今日は少し遅れて登校することになる。それと――」

教室にいた生徒たちは、ある者は心配そうに、ある者は面白そうに、担任の説明を聞いていた。中にはすぐ携帯電話を取りだして、どこかにメールを打っている生徒もいる。友達が事故に巻き込まれていないか、確かめているのかもしれない。

「事故か……ま、怪我人がいなくてよかったよな」

隣のアキトが安堵した表情で言うのを、僕は全く聞いていなかった。

――当たった。

カードに書かれていたとおり、事故が起きた。

そして、僕は、カードに書かれていたとおりに行動して、事故を避けた。

昨日の雨のことだけだったら、偶然ということもあったかもしれない。

だが、バスの事故は違う。

これぱっかりは、事前に知ることなどできないし、適当に書いたらそのとおりのことが起きた、なんて偶然は、偶然にしたって奇跡的すぎる。

昨日、ソラが言っていた言葉が頭をよぎる。

――『まるで未来予知だと思ったのさ』――

僕は、自分の足が震えているのを感じた。

夢のような話。妄想上にしかない能力。けれど、そうとしか思えない。
教室のざわめきを遥か遠くに聞きながら、僕は確信した。
あれは、未来予知のカードだ——と。

幕間【ぼくらの報復政策】

一人の少年が、私の容れ物に触れた。

数十年ぶりに出会った強い願い。それを感じ、私は少年の前に立つ。

私よりも大分背の高い少年は、奇妙な人物だった。

前触れなく現れた私に驚くこともなく、私が名乗るより先に自分の名を言い、私に名前を尋ねてきた。今までにない反応と、適応の早さ。

だが、奇妙に感じたのはその点ではない。

彼は私に『相応』を願った。

分相応。因果応報。全ての人々に、その能力や思想、人格、今まで為《な》してきた行いに相応《ふさわ》しい報いを与えること。下等な者には下等な生き方を、上等な者には上等な生き方を、よい行いにはよい報いを、悪い行いには悪い報いを。

「俺は、世界の全てに〝報復〟したいんだ」

薄く微笑《ほほえ》みながら言う少年は、自分の正しさへの自信を漲《みなぎ》らせていた。

それが、彼が私を見て驚かなかった理由。

彼は、当然だと思っている。自分は特別な存在だと確信し、だから私のような存在が彼の願いを叶えるために現れるのも当然なのだと。

彼は世界の全てを見下している。おそらくは、私のことさえ。

自分は人の上に立つ資格を持つ人間であり、下等な連中を格付けし、相応しい役割、相応しい幸福と不幸を、与えてやらねばならない。与えてやる権利がある。……そうとでも考えていなければ抱かない願いを、彼は口にした。

だからこそ、奇妙に思える。

過去に私が叶えてきた願いは、全て〝自分のため〟の願いだった。

強い願いは苦境の中でしか生じない。苦痛を取り除きたい、不幸から逃れたい、そういった想いこそが願いの本質であり、強い願いとは、常に同程度の強さの不安や不満とともに抱かれているものだ。

故に、私の知る願いとは切実で、他人にだけ影響を与える願いなど、なかった。

だが、彼の願いは、違う。

世界の全てに『相応』を与えたところで、彼に得はない。何も得るものなどないように感じる。少なくとも、彼の感じている苦痛や不幸を取り除く結果に繋がる可能性は、極めて微少と言っていい。

「叶えられるか？　俺の願いを」

私は黙って頷く。

考える必要などない。私は私の役目を果たすだけ。

彼の願いは強い。ならば、それを叶えなくてはならない。

私は人の願いを叶えるモノ。

ただ、それだけのモノ。

第２章【最適な温度で】

盤面は、黒が圧倒的に優勢に見えた。

このまま進めば、盤面は黒色で埋め尽くされるだろうと、誰もが思う。

しかし、盤面の隅に打たれた白によって、形勢は覆《くつがえ》る。

「ああ……」

細い指に裏返されていく黒い円を見て、僕は嘆息した。

たった一手で、勝負は文字通りひっくり返されてしまったのだ。今や、黒が占めていた盤面には白い亀裂が走っている。

次は僕の手番だが――。

「……パス。もう置ける場所がないや」

残り僅かな盤面の空隙《くうげき》に、またしても白が打たれ、黒が一気に裏返る。

コトンコトン、と軽やかな音を立てて、黒が白へと変わっていく。

最早、誰の目にも勝敗は明らかになっていた。

「降参するよ。僕の負けだ」

僕が両手を挙げて潔《いさぎよ》く負けを認めると、

「勝負を見極める目だけは肥《こ》えていくね。腕は上がらないのに」

向かいに座っていたソラは辛辣《しんらつ》な意見を述べ、悪戯っぽく笑った。

今は放課後。僕とソラは、ボードゲームの部室でオセロの勝負をしていた。

「うーん……いっつも後半で逆転されちゃうんだよなぁ」

「オセロというのはそういうゲームだよ。序盤でどれだけ我慢できるかが大事なんだ」

二人で盤面に並べられた白黒の駒を片付ける。

部室には、僕とソラの二人きりだった。部長を含めても決して多くはない部員たちは、それぞれ別の用事があって今日は部活を休んでいる。

教室の半分ほどの広さがある室内に、大きな窓から夕日が差し込んでいる。中央に会議用の長テーブルが置かれており、僕たちはそれを挟んで向かい合っていた。

「もう一勝負するかい？」

「三連敗しちゃったしなぁ……何か、他のゲームをやろうよ」

「ふむ。では……久々にバックギャモンはどうだい？」

「いいね。運なら負けない」

「言ったな。知略は運を凌駕《りょうが》すると教えてあげよう」

彼女は不敵に笑いながら、後ろの棚にオセロの盤を戻し、代わりに折りたたみ式のバックギャモンを取り出した。

棚は壁一面を埋め尽くすほど大きく、古今東西のボードゲームが整然と並べられている。初めて部室に足を踏み入れたとき、世界にはこれほど多くのボードゲームがあったのか、と感心させられたのを覚えている。

僕は盤上に駒を並べながら、ふと思った。

――静かだな。

二人しかいない部室はひっそりとしているが、それだけではない。

手に入れたカードに〝未来予知〟の力があると知ってから、一週間が経つ。

この一週間は、凪《なぎ》のように静かで、穏やかな日々だった。

それはカードのお陰で手に入れられた日常。願ったとおりの、平穏な日常だ。

カードが示してくれる未来とは、翌日に起こる不幸な出来事と、それを避けるための手段。

例えば、昨夜カードに浮かび上がったのは、このような文章だった。

『明日、帰り道で浅井次郎に出会う。下校時刻まで学校に残ること』

僕はカードの指示に従うため、ソラを誘って、こうしてボードゲーム部で時間を潰している。

こうすれば、浅井次郎に出くわさずに済む。

新藤射月については、あのあと続報は入ってきていない。世間の注目度は高いのか、新藤の減刑に繋がるのか、手記の具体的な内容などまったくわからないままだが、調べようという気は起きない。

それに、たとえ新藤の手記が注目を集めて、またマスコミが僕や椛の周辺をうろつくようになったとしても、カードの予知に従えば、嫌な思いをすることはないだろう。

あのカードは、僕に平穏をくれたんだ。

カードがある限り、未知の明日を恐れる必要はない。

最近は夜にちゃんと眠れるようになったし、悪夢の頻度も減った。

ただ、不安はない、と断言することはできない。

何故なら、あのカードがどこから来たのか、未だにわかっていないからだ。

可能性として僕が考えているのは、カードを手に入れる直前に見た、あの夢。

マキちゃんと名乗る少女が出てきた、あの妙な夢が、未来予知という不思議な力を持つカードに関係しているのではないか、そう考えている。

あれは、夢ではなかったのかもしれない。

マキちゃんは本当に神様で、僕の願いを叶えてくれた——とまで言うと流石に突飛にすぎる気がするが、他に現実的な仮説も今のところはない。

しかし、そうだとすると彼女の言っていたことが気にかかる。

――『魔法を使うには、ＭＰを消費しなくちゃいけないんだよ？』――

力を使うために支払う、代償。

やはり、あるのだろうか。この未来予知という奇跡の力にも。

今はまだ、何も起きていない。精神が安定したためか、体調もいい。

これから先、何か代償を求められるのかもしれない。そう考えると、不安は大きい。

でも、未来予知の魅力には、平穏な暮らしへの渇望には、抗《あらが》いがたい――。

「さっきは私の勝ちだったから、後攻でいいよ」

ソラに話しかけられて、僕は思考を中断した。

「あ、ああ……うん、それじゃ、僕からね」

盤上に駒をセットし、僕は二個のサイコロを振った。

下校時刻まで続いた知略と運の勝負は、知略に軍配が上がった。

◆

八扇駅前に着いた頃には、夕焼けが色濃くなっていた。

駅から流れ出る人波はスーツ姿が多い。帰宅ラッシュの時間だろうか。

「じゃあ、また明日ね」

「ちょっと待ってくれないか。話があるんだ」

ソラに呼び止められて、僕は振り返った。

彼女は珍しく何度か口籠もってから、意を決したように言う。

「今度の日曜日、私とデートしないか？」

「……へ？」

一瞬、デートってなんだっけ、なんてことを考えた。

「聞こえなかったかい？　日曜日にデートしよう、と提案しているんだが？」

僕が余程間抜けな顔をしていたのだろう、ソラは笑いながら言った。

「で、デートって……え？　あのデートのこと？」

どのデートだよ、と僕は自分で自分にツッコミを入れた。

かなり混乱している。でも、どうしてこんなに取り乱しているんだろう。

「そう、あのデートさ」

クスクス、とソラは笑う。

何度も見たはずの笑顔なのに、今はやけに輝いて見えて、僕はドキリとした。

「今度の日曜、予定がなければ一緒に遊びに行こうよ。都心まで出るのもいいな」

「え……あ、ああ、そうか。デートって、そういうこと……」

なんだ。これは、ただの遊びのお誘いだ。

一緒に遊びに行く、なんてこと、幼馴染みである僕とソラの間では珍しくない。ソラがデートという単語を使ったのは、多分、僕の反応を見て楽しむためだ。

僕は安堵の溜め息を吐く。半分くらい、残念という気持ちが混じっていたような気もするけれど……。

「それで、どうかな。予定は空《あ》いているかな」

「う、うん。空いてるよ。いいんじゃないかな、遊びに行くのも」

「本当かい？　よかった……」

僕が照れ隠しに頬を掻きながら答えると、ソラは両手を胸の前でパンと叩き、笑顔を浮かべた。なんだろう。大袈裟《おおげさ》なくらい喜んでいる。頬が紅潮して見えるのは、夕日のせいかな。

「ソラは、どこか行きたい場所とかあるの？」

「いや、特にないいな」

笑顔のままソラが首を横に振るのを見て、僕は少なからず驚いた。デートと言われた瞬間よりも驚いたかもしれない。

「珍しいね。いつもは、どこに行くかキッチリ決めてから出かけるのに……」

そして、目的の場所以外に立ち寄ることは滅多にない。たとえ僕や椛と一緒に出かけるときでも、それを変えないのがソラという人間だったはず。

「今回は特別さ。なにしろデートなのだからね」

「はぁ……」

やけにデートにこだわるなぁ。

僕をからかう以外の意味が、なにかあるのだろうか。

「それでは、また明日、学校でな」

「あ、うん……また明日」

駅に向かうソラを、手を振って見送る。

ソラの後ろ姿は、心なしか歩調が軽やかで、ウキウキしているように見えた。

多分、気のせいだと思うけど。

「デート……か」

しみじみと呟き、自宅方面へ向かうバスに乗り込む。

デートなどと言っても、ただ二人で出かけるだけのことだ。今までに何度も経験したイベントである。何も特別なことなどない。

けれど——。

行き先が未定であるという新要素に加え、ソラの楽しげな様子に感化されたのか、僕はなんだか、むず痒《がゆ》いような、照れ臭いような、そんでもって少し誇らしいような……そんな悪くない気持ちにさせられた。

家に帰り着くと、出迎えてくれた椛に、

「ニヤニヤしてて気持ち悪い……」

と言われたが、それもまったく気にならないくらいに、はっきり言って僕は浮かれきっていた。

◆

カードの未来予知は、毎晩十一時以降に二節の文章として浮かび上がる。

明日起こる最も不幸な出来事と、それを回避するための方法。

カードに浮かんだ方法を実行すれば、不幸な出来事は起こらない。

浮かび上がった文章は、朝になる前に消えてしまう。

この一週間のうちに、夜の間ずっとカードを観察したり、あえて回避手段をとらなかったりして試した結果、わかったことだ。

ちっとも特別などではないはずのソラの誘いに何故か浮かれていた僕は、この日の夜、寝しなにカードを確認し忘れていたことに気づき、慌てて布団から飛び起きた。

カードを手に入れてから僅か一週間。しかし、僕はもう、カードの未来予知を見てからでないと安眠できないようになっていた。

枕元のスタンドを灯《とも》し、文机の上に置いてあったカードを見る。

そこには、こう書かれていた。


『明日、体育の授業中にボールが当たって鼻が折れる。朝食を抜くこと』


丸文字で書かれた文章を読み、寝ぼけ眼《まなこ》を擦ってから、再度読む。そして……

「……はあ？」

僕は疑問符をそのまま口に出した。

意味が、わからない。

体育の授業中に鼻が折れる……これはわかる。確か、明日の体育はハンドボールの予定だったから、ボールが顔面を直撃して鼻の骨が折れるということだろう。物凄く不幸な出来事だ。なんとしても避けたいと思う。

だが、そのための手段がわからない。

「朝食を抜くって……なんで？」

鼻が折れることと、朝食を抜くことの因果《いんが》関係が不明すぎる。朝食を抜くと、顔に向かって飛んできたボールを回避する能力にでも目覚めるのだろうか。そんな馬鹿な。

頓珍漢《とんちんかん》な未来予知に、僕はカードを見つめながら、しばし考え込んだ。

思い返してみると、カードの未来予知には法則性がないような気がする。不幸な出来事はともかく、それを避ける手段については、てんでバラバラと言っていい。他にもっと確実な手段があるんじゃないのか、と思えるものが多いのだ。

今日の予知にしたってそう。帰り道に浅井次郎に出会うというのなら、いつもと違う道を通って帰ればいいだけだ。わざわざ下校時間まで学校に居残る必要はないように思える。

「法則性なんて、ないのかな……」

一瞬、夢の中で出会ったマキちゃんという少女を思い出す。

もし、カードを与えてくれたのが彼女なら、そんな適当さにも納得できるか。到底、法則など考えない……いや、法則などに縛られない人格をしていたから。

肝心なのは、カードに従いさえすれば不幸に遭わずに済むという、事実だけ。

「そうだよな、うん」

自分に言い聞かせるように頷き、僕は布団に潜り込んだ。

どのみち、朝食を抜かないという選択肢は選べない。鼻が折れるのは嫌だ。

◆

翌朝。僕は朝食を食べずに家を出た。

日直で早く学校に行かなきゃいけないのを忘れていた……という振りをして。

もしお祖父さんがいたら、お祖母さんが用意してくれた朝食を食べないなんて絶対許してくれなかっただろうけど、今朝は早くに仕事に出かけたようで顔を合わすこともなかった。

朝食を食べていないこと以外は、いつもと変わらない学校生活を送る。

休み時間には、アキトや隣のクラスから遊びに来たソラと、取り留めもないお喋りに興じ、淡々と授業をこなして、三時限目、体育の時間になった。

「どうしたナツヒコ、着替えないのか？」

教室で話しかけてきたアキトは、もうジャージ姿だ。僕も早く着替えて校庭に向かわなければならないのだが……。

――着替えて、いいのかな？

このままでは普通に授業に参加することになってしまい、鼻を骨折する羽目になる。

そうかといって、今さら仮病で授業をサボることもできそうにない。

僕は半信半疑のままジャージに着替え、アキトと一緒に校庭に出た。

「寒っ！　……くもないな」

「うん。十一月にしては暖かいね」

気温はそれほど高くないけれど、強い日差しのお陰か、少し準備運動をしただけでジャージの中が汗ばむのを感じた。

でも、何故だろう。こんな陽気なのに、妙に体が重い。

「ナツヒコ？　大丈夫か？　なんか顔色悪いぞ？」

「……え？　そう？　別になんともない……け、ど……？」

軽く屈伸して立ち上がろうとしたら、世界が回転した。

「あ……れ……？」

ぐにゃり、と視界が歪む。体に力が入らない。勝手に膝が曲がって座り込み、上半身を支えることもできず、地面に倒れそうになる。

「お、おい!?　しっかりしろ！　ナツヒコ！」

狼狽《ろうばい》したアキトの顔が近い。僕を支えてくれる大きな手が、とても熱い。

他のクラスメイトが駆けつけてくる足音。先生を呼ぶ大きな声。どれも遠い。

視界と意識が霞《かす》んでいくのを感じながら、僕はこの感覚の正体に気づいた。

——ああ、これは、貧血だ。朝食を抜いたりしたから……。

そして同時に納得する。

カードの指示は、やはり正しかった。これでもう僕は体育の授業には出られず、鼻の骨を折ることもない。不幸は、避けられたんだ。

しかし。

——いくらなんでも、これは酷いよ……。

カードを創った誰かに頭の中で苦情を言いながら、僕は意識を失った。

◆

暗転。無意識の暗闇。夢すら見ない暗黒。

普通の睡眠とは違う、気絶特有とでもいうのか、そんな妙な感覚の中、自分の体が誰かに運ばれているような気がした。

目覚めると、世界が真っ白に染まっていた。

天井は白、壁も白、周りを囲むカーテンも白、僕にかけられたシーツも白。保健室のベッドの上に寝かされているのだと気づくのに、数十秒かかった。

「はあぁ……」

状況を認識すると、深い溜め息が出た。

色んな人に迷惑をかけてしまった。保健室まで運んでくれたのは先生だろうか。アキトかもしれない。クラスメイトにも心配をかけただろう。授業に出られなくなっただけでなく、授業の邪魔をしてしまった。

カードに従って朝食を抜いたお陰で不幸は避けられたけれど、決して小さくはない罪悪感を感じ、貧血とは違う理由で目眩がしそうだった。

「今……何時かな……？」

どれくらい意識を失っていたんだろう。もう体育の授業は終わったのかな。カーテンの向こうに見える日差しは明るいから、気絶している間に放課後になってしまった、なんてことにはなっていないみたいだ。

寝かされているベッドからでは時計が見えず、僕は体を起こすことにした。

「う……くぅ……………」

全身が重かった。深く息をしながら、時間をかけて上半身を起こす。

「おっはー、ナツヒコ！　具合はどう？」

ベッドの横に置かれた椅子に、マキちゃんが座っていた。

「まだ顔色が悪いよ。無理しないでね。あ、桃缶食べる？」

マキちゃんは何故か白衣を羽織り、首に聴診器をかけている。

笑顔で差し出す桃の缶詰は、色を失い、モノクロに見えた。

「なん、で……？」

「ああ、この格好のこと？　ナツヒコぐらいの年の男の子は、ナースより女医さんのほうが好きなんでしょ？　それとも女教師スタイルがよかった？」

そう言って立ち上がると、マキちゃんはその場でクルリと一回転。白衣の裾をフワリと広げ、ポーズを取った。

「いや……そうじゃなくて」

「あれ？　違う？　もしかして、ナツヒコってば年下好きなの？　さすがのマキちゃんも中学校の制服を着こなす自信はないなぁ」

「そんなこと言ってない。僕は……」

「え？　ま、まさかランドセル背負えって言うの!?　もしかしてナツヒコってロリコン!?」

「違う！　人の話を……うあ」

強く怒鳴ったら、また目眩に襲われ、僕はベッドに倒れ込んだ。

「あーあー。だから無理しちゃ駄目って言ったのに」

「誰のせいだと思って……はあ」

言い返す気力は途中で萎《な》えた。溜め息を吐きながら仰向けになり、腕を額の上に乗せる。体が熱を持っているのがわかった。

しかし、どうやら僕はまだ意識を失ったままのようだ。

世界がモノクロに変わり、マキちゃんが現れたのがその証拠。僕の深層心理みたいなものは、まだこの理解不能な少女と向き合うことを自身に強制しているのか。

もしかしたら夢ではないのかも……と考えてはいたけれど、こうして不可思議な現象と人格を目の前にしてみると、やはり夢なんだと思えてくる。

「ねぇねぇ、ナツヒコ」

マキちゃんは椅子に座り、桃の缶詰を開けながら言う。

「ルマちゃん、どこにいるの？」

「……また、それ？」

「うん。さっきまでここにいたでしょ？　感じたから出てきたんだけど？」

缶の蓋《ふた》を開けきると、どこからともなくフォークを取り出し、マキちゃんはシロップの滴《したた》る白桃を頬張った。

「あむ。……んー！　おいひー！」

本当に美味しそうだ。見舞いの品じゃなかったのかよ……と、夢の中であると理解しながらも、僕は恨めしく思った。

「……で、ルマちゃんはどこ？」

「前にも言ったけど、知らないよ。マキちゃんの勘違いじゃないかな」

「ウソ！　……じゃあ、ないみたいだね」

首を傾げながら僕の顔を覗き込み、マキちゃんは言った。

表情を読んだ……というより、心を読まれたような感じを受ける。

その印象に、以前マキちゃんが言っていたことを思い出す。

「マキちゃんはさ。神様、なんだよね？」

神様なら、人間の心くらい、簡単に読めるのかもしれない。

「そうだよ。でも、そうじゃないかもね」

「……どっち？」

「さあ？　どっちでもいいんじゃない？　ナツヒコが決めれば？」

悪戯っぽく微笑むマキちゃんの目を、僕は見つめた。

青く、碧い、円らな瞳《つぶ》。光の加減で紫色にも見える。こんな綺麗な青を、僕は知らない。知らない色でも、夢には現れるのか？

「じゃあ、マキちゃんは神様じゃないのかな」

「なんでナツヒコはそう思うの？」

「だって、神様って全知全能のはずでしょ。だったら、そのルマちゃんって子の居場所も僕に聞いたりせずに自分でわかると思うけど」

「はあ？　そんなの面白くないじゃん」

驚いたように両目を開きながら、マキちゃんはカラカラと笑う。

「なんでも知れて、なんでもできる。そんなのさあ、つまんないよ。チート使ってオンラインゲームやってるみたい」

まるで、だから自分で能力を制限しているんだ、と言っているように聞こえた。

僕が無意識で創造した人物だとしたら、そういう設定、ということなんだろうけど。

「チートでもなんでも、目的の物を早く見つけられたほうがよくない？」

「よくないよ。結果だけじゃなく、過程を楽しめないんじゃ意味がない。楽して結果だけを求めるのは、若者の悪い癖だよねー」

馬鹿にしたように言い、マキちゃんはまた白桃を頬張った。モノクロの桃は、マキちゃんの口に入る瞬間だけ、その色を取り戻す。

酷く現実味のない光景。けれど、夢にしては体感がリアル。

「僕は、夢を見てるのか？」

不意に浮かんだ疑問を、口に出した。

すると、桃を咀嚼《そしゃく》したマキちゃんは、細めた目で僕を見た。

「そうかもしれないね。そうじゃないかもしれないね」

「夢と現実は、どこが違うの？」

「違いなんて、ないかもよ？　ナツヒコが現実だと思っているのは、もしかしたら小さいチョウチョが見ている夢かもしれない」

「それって確か……胡蝶《こちょう》の夢、だっけ」

「現世は夢、夜の夢こそ真……って、有名な作家の阿武隈《あぶくま》川さんも言ってたよ」

「江戸川乱歩だよ。それは」

「どっちにせよ、変な名前だからいいじゃない」

くすくす、くすくす。マキちゃんの笑い声が響く。

目眩を感じ、僕は目を閉じる。

「おやすみ、ナツヒコ。ルマちゃんに会ったら呼んでね」

冷たいものが、頬に触れるのを感じた。

意識が遠のく。夢から覚めようとしているのか。夢に落ちようとしているのか。

僕には、わからなかった。

◆

額に何かが乗せられている。

自分の腕かとも思ったが、それにしては柔らかくて気持ちがいい。

重い瞼《まぶた》を押し上げると、

「おや？　目が覚めたようだね、ナツヒコ」

すぐ近くに、ソラの顔があった。

「私が誰かわかるかな？　名前を言ってみてくれるか？」

「……伏見、ソラ」

「ふむ。記憶も正常なようだね。ま、杞憂《きゆう》だとは思っていたが」

ソラの表情が微笑みに変わる。ほんの僅か、安堵が滲んでいた。

額に乗せられていたのは、ソラの左手だった。

「ああ、起きる必要はない。もう少し横になっているといい」

体を起こそうとした僕を制し、ソラはベッドの横の椅子に座る。夢の中でマキちゃんが座っていた椅子だ。

仰向けになったまま見回した世界は、色を取り戻していた。

「これで一安心、というところだが、とりあえず状況を説明しておこうか」

ソラは、体育の授業中に僕の身に起こった出来事を、簡単に説明してくれた。

やはり、僕は貧血で倒れてしまったらしい。

「君のクラスの担任は、救急車を呼べ、なんて大慌てだったらしいが、そのへんは養護教諭が適切に対処してくれてね。こうして保健室で寝かせておくことにしたのさ」

「迷惑……かけちゃったな」

「気にするな。教師たちは仕事をしただけだ」

「僕を保健室まで運んでくれたのって……」

「ああ、それは間宮だよ。担任教師よりよっぽど冷静だったようだな」

朦朧《もうろう》とした意識の中で、誰かに運ばれているような感覚がしたけれど、やっぱりあれはアキトだったのか。

「そっか……あとでお礼言っておかないとね」

ソラは、ん、と頷くだけで、何も言わなかった。

「ねえ。ソラは、アキトのことが嫌いなの？」

数秒の沈黙があった。

「……何故、そう思う？」

「なんとなく、その、アキトの話をすると、不機嫌になるみたいだから」

前々から感じていたことだった。二人でいるときなどに僕がアキトの話をすると、ソラは口数を減らし、すぐに話題を変えようとする。

もしかして、ソラはアキトのことが好きなんじゃないか、なんて考えたこともあったけれど、それにしては、アキト本人の前でも態度が変わらない。むしろ、アキトのほうがソラを意識しているように思えることが何度かあった。

まあ、どっちも僕の勘違いかもしれないけれど。

「別に、嫌いなわけではないよ。……だからと言って、好きでもないが」

後半は、慌ててつけ足したようだった。

「そうだな、同属嫌悪、とでも言うのかな」

「同属？　ソラとアキトが？」

「うん。間宮は私と似ているから、つい警戒してしまうのだろう」

なんでやねん、と思わずツッコミそうになった。

一体、どこをどう見れば、ソラとアキトが同属だなんて思えるんだろう。

かたや、世間に関心がなく、他人に合わせず我が道を行く、伏見ソラ。

かたや、人気者で社交的、人望も厚くて友人も多い、間宮アキト。

同属どころか、これ以上ないほど好対照な二人だ。唯一の共通点と言えば、二人とも通りすがりの人が振り返るほどの美形である、ということくらい。

「間宮のことはいいじゃないか。それよりも……」

ベッド横のテーブルに、ビニール袋が置かれていた。腰を上げたソラは、そこから紙パックのジュースを取り出す。

「何か口に入れたほうがいいだろうと思ってね。ストローがあれば、横になったままでも飲めるだろう。さあ」

「う、うん……」

差し出されたストローに、緊張しながら口をつける。喉を滑っていく清涼飲料の冷たさが心地良かったが、母親に看病される子供のようで少し恥ずかしかった。

「ん……あ、ありがとう」

「どういたしまして。ジュース以外にも、果物なら食べられるかと思って、色々と買ってきたんだ。リンゴに、バナナに、キウイフルーツ。食べられそうかな？」

こくん、と頷く。ちょうど空腹を感じていたところだった。

ソラは袋からリンゴと果物ナイフを取り出し、椅子に座って丁寧に皮をむき始めた。見事な手つきで、赤い皮が一本の線となって垂れる。

「……ナツヒコ？　さっきから顔が赤いようだが、大丈夫か？」

「え？　あ、ああ、うん……へ、平気だよ」

「そうか。気分が優れないようなら、遠慮せずに言うんだぞ？」

顔が赤くなったのは、普段は見られないソラの優しげで母性的な雰囲気に、思わず見惚《みほ》れていたからだった。前にも風邪を引いたときなどに看病してもらったことはあったけれど、何故か今日に限って、胸が凄くドキドキするのを感じた。

「い、今、何時かな？　もう授業始まってる？」

恥ずかしさを誤魔化すように、そう訊いた。

「今は……一時半を回ったところだな。五時限目の授業中だろう」

「授業中って……ソラ、授業は？」

「うん？　今こうしてここにいるのに、授業に出られると思うのかい？」

「いや、だから、授業に出なくてもいいのかって……」

「授業と君と、どちらが大切かなんて、考えるべくもないことだよ」

さも当然と言わんばかりのセリフ。ソラは手元を正確に動かしたまま、僕の目を見て微笑んだ。対する僕は、顔全体が熱くなるのを感じて、思わず目を逸らした。

「もしかして、私の看病は迷惑だったかな？」

「そ、そんなことないよっ。ただ、その……悪いなって、思って……」

「私が好きでしていることさ。遠慮する必要はない。それに、昔は私のほうが君に看病されていたじゃないか」

ソラは立ち上がり、皮をむき終えたリンゴを、テーブルの皿の上で切る。

「昔って……？」

「小さい頃の私は体が弱かっただろう？　貧血もあったし、風邪をこじらせることも多かった。そのたびに、ナツヒコは私がよくなるまで、ずっと傍で面倒を見てくれたじゃないか。学校を早引けしてまでさ。覚えていないのかい？」

ソラの体が弱かったことは覚えている。原因までは知らないが、体育の授業は休みがちで、季節の変わり目などに数日寝込むようなことも多かった気がする。

「もちろん、私と同じで君も子供だったからね。適切な看病をしてくれたわけではなかったが、傍にいてくれるだけでも嬉しかった。私は、安心という言葉の意味を君の優しさに教えられたんだよ」

「そう、だった、かな……？」

あまりよく覚えていない。ベッドで寝込むソラを見て、とても心配で、自分のほうが倒れそうな気持ちになったことは記憶にあるけれど。

素直にそう告げると、ソラは苦笑を浮かべた。

「まあ、そうだろうね。君が覚えている確率は低いと考えていたよ」

「そりゃ、僕だって記憶力に自信があるわけじゃないけど……」

「そうじゃない。君は本当に優しいから、覚えていないだろうと思ったのさ」

僕は思わず、切ったリンゴを皿に並べるソラの横顔を見つめた。

「本当に優しい人間は、誰かに優しくしたことをいちいち覚えてはいないものだ。優しくするのが当然だと思っているのだからね。私に優しくしたことを覚えていないのが、ナツヒコが本当の優しさを持っている証拠なんだよ。……さ、切れたよ」

僕の目には、皿を差し出すソラの笑顔のほうが、ずっと優しく見えた。

「……ありがとう」

礼を言いながらゆっくり体を起こし、皿を受け取る。瑞々《みずみず》しく輝くリンゴに、食欲をそそられた。

「僕には、ソラのほうがずっと優しく見えるけどな」

「かつて君にもらった優しさを返しているだけだよ、私は」

だとしたら、ソラは優しさの計算を間違えていると、僕は思った。

両親を失った僕の悲しみを癒してくれたのは、折れそうになる心を支えてくれたのは、紛れもなくソラの優しさだった。それは、たとえ何千回病気の看病をしたって足りないほどの大きさだろう。

ソラには感謝してもしたりない。けれど、今はその感謝を口には出せない。ソラが切ってくれたリンゴを、口に入れているから。

リンゴは酸味と甘みがちょうどいいバランスで、ソラの優しさを、味わっているから。とても美味しかった。

「だが……いつの頃からかな」

椅子に座り、ソラは言葉を選ぶようにして、言う。

「表現に少し迷うが、そう、私の中に変化が起こったんだ」

るから。
幼馴染みで、共有した時間も長く、互いの顔を見て話せば、どうしたって見つめ合うことになる
今までに何度、こうしてソラと目を合わせただろう。決して少なくないはずだ。僕とソラは
ソラは真剣な表情で、僕を見つめた。僕も自然と彼女を見つめる。
「うん。ナツヒコに、もらった以上の優しさを、与えたくなったんだよ」
「変化？」

だけど、どうしてだろう？

これまでと同じように見つめ合っているだけなのに、今は違うような気がする。

どうして今は、こんなにも、胸が苦しいんだろう。

「ナツヒコ。私は、君に――」

切なげな声。切なげな視線。

これまでとは違うソラの声に、瞳に、僕は緊張が高まるのを感じた。

「――いや、やめておこう」

目を伏せ、ソラは緩やかに首を横に振った。

途端に緊張が解けて安堵が押し寄せる。同時に、ほんの微《かす》かに寂しさを感じた。

「続きは、今度の日曜日……デートのときに話すよ」

顔を上げたソラは、僕のよく知る幼馴染みの表情を浮かべていた。

「デートって……ただ二人で出かけるだけ、だよね？」

「ただ二人で出かけることを、デートと呼ぶのではないのかい？」

「そういうもの、かな？」

「そういうもの、だろ？」

お互いのセリフが被《かぶ》り、僕らは声を上げて笑った。

カーテンの向こう、窓から穏やかな日差しが差し込んでいる。

僕とソラの間にある空気もまた穏やかで、日差しのように暖かい。

しばらくして、養護教諭が保健室に戻ってきて、授業をサボっているソラが怒られるまで、僕らは平穏な時間を共有したのだった。

◆

保健室でソラが何を言いかけたのか気になった、というのもある。

だが、日曜日までの数日間を恐ろしく長く感じたのは、単純にソラとのデートを楽しみにしていたというのが原因だったのだろう。

『待ち合わせ場所は八扇の駅前で構わないかな？』

「うん。時間は何時にする？」

『九時半でいいだろう。あまり早くても店が開いていないだろうし、遅いと時間をかけて楽しめないからね』

「わかった。八扇駅前に、九時半だね」

前日の夜。僕とソラは電話で待ち合わせの時間と場所を決めた。

『折角のデートなんだ。遅れたりするなよ、ナツヒコ』

「わかってるよ」

『ならばよし。では、また明日。おやすみ』

「ああ、おやすみ」

数秒間、ソラの声の余韻に浸《ひた》ってから、僕は通話を切った。

それから、机の上にあるカードをめくる。

『明日、適当に入った店のランチが不味《まず》く、雰囲気が悪くなる。無難にファミレスにしておくこと』

なんだか、デートのアドバイスみたいだった。

しかし、助かる。僕は携帯電話でファミレスの場所を調べておき、それをメモして明日持っていく鞄の中に入れた。

ついでに鞄の中身をチェック。

「……よし。準備は万端、っと」

着ていく服もすでに用意できている。それも確認してから布団に潜り込んだ。

この夜は、カードを手に入れる前とは別の理由で、なかなか寝つけなかった。

◆

ソワソワしながら時計を見る。

時刻は九時十五分。約束の時間まではまだ少しある。

日曜日。僕は八扇駅前にいた。バスのロータリーを前方に見るこの辺りは、ちょっとした広場になっていて、路上ライブなどが行われることもある。僕の他にも、誰かと待ち合わせをしているらしき人たちがいた。

以前は、駅構内のコンコースが待ち合わせ場所として人気があったのだが、少し前に爆発騒ぎがあって、最近はコチラの駅前広場を利用する人が多いようだ。

ソラが来る前に、軽く自分の服装を確認。

自分なりに精一杯のオシャレをしたつもりの服装は、やっぱりちょっと、頑張りすぎたような印象がある。前に見たアキトの私服を意識して、風変わりなデザインの上着も彼が着ていたのと同じものだ。

「流石にイヤーカフはかっこつけすぎかな……」

他にも指輪やネックレスなど、アキトが着けてたのを見て真似したのだけど、白状すると、実は全て百円ショップで買った品だったりする。アキトが着けていたのは、多分、もっとちゃんとしたブランドだったはずだから、かなりの落差がありそう。

顔を上げて広場を見渡す。まだソラの姿はない。

もう一度時計を見た。長針は遅々として進んでいない。

「……いや、待て」

僕は何をこんなにソワソワしているんだ？　デートというのはソラの冗談みたいなもので、今日はただ幼馴染みとして一緒に出かけるというだけじゃないか。

そう自分に言い聞かせてみても、口元がにやけてしまうのを止められなかった。

度々深呼吸しながら待つこと五分。

「おはよう、ナツヒコ」

「ああ、ソラ。おはよ……う？」

やって来たソラに挨拶を返そうとして、僕は固まった。

襟や袖にレースをあしらった白のブラウスに、淡いピンク色のカーディガンを羽織り、下はフワリと広がるミニのフレアースカート、その裾から伸びる細く長い足は、こちらも白いレースのストッキングに包まれている。

淡い色彩の衣服は、彼女の美しい黒髪と絶妙にマッチし、伏見ソラという少女の魅力を、フルに引き立たせていた。

「随分と早いな。私も急いだつもりなんだが、待たせてしまったかな？」

はにかむように微笑むソラが、僕の目には光り輝いて見えた。

薄く化粧もしているらしく、ツヤツヤの桃色の唇に、目を奪われる。

「………………」

「うん？　どうした？　狐に抓《つま》まれたような顔をして」

「……えっ？　あ、え？」

上目遣いのソラに声をかけられて、ようやく我に返った。

一瞬止まっていたようにも感じた心臓が、反動のように激しい鼓動を奏でる。

「そ、そのっ。ソラが、えっと、珍しい服、着てるから……」

動揺のあまり、頭と舌が回らず、変なことを口走ってしまう。

よりにもよって、珍しい服ってなんだ。もっと気の利いたことを言いたい。凄く似合っているとか、とても可愛い、とか……いや、無理か……。

「ああ、そのことか。普段はスカートなど、制服でしか履かないものな。ヒラヒラしてあまり性に合わないのだが……変だろうか？」

自分の服装を見下ろしながら、ソラはその場でクルリと一回転した。

するると、ただでさえ短いスカートがはためき、僕の心臓は肋骨をへし折って外に飛び出すのではないかと心配になるほど、激しく高鳴った。

「そ、そんなことないよっ。変じゃないっ。全然っ」

「ん。そうかい？　そう言ってもらえると嬉しいな」

「う、うん。その……変どころか……えっと……すごく、似合ってる、し」

勇を奮って蚊の鳴くような声でつけ足す。

「そ、そうか。似合って、るか。そうか……」

ソラは視線を泳がせながら俯《うつむ》く。

その頬がほんのり赤く見えたのは、化粧のせい、だろうか。

「…………」

「…………」

しばし、無言の時が流れる。

僕は緊張で何も喋れず、ソラも俯いたまま黙ってしまう。

「……あ、あー。その、だな……実は、椛に助言を求めたんだよ」

やがて、発声練習のような声を出してから、ソラが顔を上げて言った。

「折角のデートだしね、少しはめかしておきたかったのさ」

「そ、そうなんだ。でも、どうして椛に？」

「私に同年代の女子の友人が少ないことくらい、君も知っているだろう。それに、彼女たちは、ナツヒコの好みまではわからないじゃないか」

「僕の好み？」

「私と君、二人きりのデートなんだ。君の好み以外の何を考慮に入れて服を選べと言うんだい？　椛の助言は、とても参考になったよ」

落ち着き始めていた心臓が、また大きく脈打った。これ以上の負荷をかけたら心臓が破れてしまうかもしれない。

デートというのは言葉だけで、今日は幼馴染み同士の、単なる〝お出かけ〟になるのだと、僕は思っていた。

だが、ソラは普段は穿かないスカートまで穿いて、小学生に助言を求めてまでオシャレしたと言う。それも、僕の好みに合わせて、だ。

これじゃあ、まるで、本当のデートみたいじゃないか。

本当に、好き合っている男女がする、デートみたいじゃないか——。

「さて、そろそろ行こうよ」

そう言って駅に向かって歩き出すソラ。

呆けていた僕が、慌ててそのあとを追うと、彼女は、

「おっと。一つ言い忘れた」

黒髪を靡《なび》かせながら、振り返り、

「君の服も似合っていると思うぞ。うん。惚れ直した」

朝日よりも眩《まぶ》しい笑顔で、そう言った。

僕のほうこそ、と口で言えない僕は、やはり意気地なしかもしれない。

◆

八扇駅から都心へ出るには、大体一時間ほどかかる。

世界最高の利用者数を誇るターミナル駅に着いたのは、十時半を回った頃だった。

「……で、どこへ行こうか」

人でごった返すホームに降りてすぐ、気持ち大きな声でソラが言った。

「ホントに何も考えてなかったんだね」

「まあね。ただ、一応、椛にデートの基本についてはレクチャーを受けたよ。それによると、定番はウインドウ・ショッピングとやららしいじゃないか」

「ああ、それ、聞いたことある」

具体的にどんなショッピングなのかは知らないけれど。

「よし。ではまず、駅ビルにある洋服屋でも冷やかしてみよう」

「いいけど……どの？」

「どの、とは？」

「ここの駅って、いくつか駅ビルあるけど」

似たような名前の駅ビルや百貨店が複数、さらに迷路のような地下道の先には、ビルの地下に直結している箇所もある。それらも駅ビルの定義に含めたとしたら、とんでもない数の建物が駅ビルということになるだろう。

実を言うと、都心に遊びに来たことは何度もあるが、僕もソラもこの駅の周辺で遊んだことはあまりない。大抵、乗り換えに使って素通りしてしまう。

念のため、昨日のうちにネットで、遊べる場所と、カードに書かれていたファミレスの場所は調べてきたが、ウインドウ・ショッピングは考えてなかった。

「ふむ……ならば、手当たり次第に行くか」

「それしかないよね」

そうと決まり、僕らは東口改札から出てすぐの駅ビルに入ってみた。

「見事に洋服屋しかないな……」

案内板を見たところ、ほとんどの店舗がファッション関連の店のようだ。

「一応、上の方にはレストランとかもあるみたいだけど」

「昼食にはまだ早いだろう。少し見て回ってみようじゃないか」

ビルの中は、日曜日とあってか、客で溢れかえっていた。

しかも、そのほとんどが若い女性で、店も女性向けのファッションブランドばかり。ソラと一緒でなければ絶対に入らなかっただろうなぁ、と僕は思った。

「………………」

「………………」

そしてこの無言である。

僕ら以外の客は、服を見ながら楽しげにお喋りしているが、女性のファッションなど僕にはわからないし、それは多分ソラも同じ。二人揃って、洋服を見ながら話せる話題など持ち合わせていなかった。

ただ黙々とマネキンを眺める空気に耐えきれず、僕は言った。

「ね、ねぇ、ソラ。何か気になる服とかないの？」

「ない」

「そんな断言しなくても……」

「仕方ないじゃないか。本当に興味がないんだ。普段は母が買ってくる服しか着ないし、今着ている服だって、全て椛に選んでもらった物だ。私には、何がよくて何が駄目なのか、さっぱりわからん」

アニメ調のイラストがプリントされたシャツを、ソラは難解な哲学の命題に挑《いど》む学者のような顔をして眺めている。

「今日は化粧してるみたいだけど、それは？」

「母にしてもらった。崩れたときの直し方も教わったが、実行できるかは不明だ」

しかめっ面しながらシャツを棚に戻すソラに、僕は思わず苦笑してしまった。

女性らしくはないが、しかし、何よりもソラらしい話だ。

「ふぅ……駄目だな。他の店に行こう」

壁にぶつかり苦悶する研究者のように、ソラは首を振った。

「少し歩いたところに大きな本屋があるから、そこに行こうか」

僕の提案にソラは力強く頷き、僕らは華やかなファッションビルをあとにした。

大勢の人でごった返す駅前を抜け、数分ほど歩いて辿り着いた大型書店は、流石に駅ビル内よりも客が少なく、客層も老若男女と幅広い。

「……あ、この本」

店先に並べられた文庫本が目に入り、僕は足を止めた。

「これ、この間、椛に頼まれた本だよ」

「ほう。どれ」

ソラは平積みにされていた一冊を手に取り、ペラペラとページをめくった。

〝待望の文庫化〟と書かれたポップに飾られた本の山は、かなり大きい。八扇駅近くの書店では新刊コーナーの隅に置かれていたのに、随分と扱いが違う。

「ふぅん。やはりミステリーか。なかなか面白そうだな」

「ソラは、ミステリーとか読むんだっけ？」

「ジャンルにこだわったことはない。……が、興味を惹《ひ》かれる本はミステリーやＳＦが多いかな。椛はミステリー一辺倒のようだがね」

ソラは文庫を山に戻しながら言った。

「面白そうなら買っていったら？」

「いや、いいさ。今度、椛に貸してもらう」

店内に入ると、入口付近には話題作のコーナーが設けられていた。並べられている本は大半が実用書で、ダイエットや健康法について書かれた本がよく目につく。

「多いなぁ、ダイエット本。ソラは、ダイエットに興味とか——」

「ない」

「だよねぇ」

パッと見、ダイエットが必要な体にも見えないし、体重やスタイルを気にしている様子も今までになかった。

「だが、これには興味がある」

そう言ってソラが手にした本は……豊胸術の本だった。

　つい、思わず、反射的に、隣に立つソラの胸に目が行ってしまう。

「御覧のとおり、絶望的でね」

「確かに。……って、あ、いや、ちがっ！」

　大きく頷いてしまったのを慌てて誤魔化す僕に、ソラは苦笑を浮かべる。

「構わんさ。事実だからね。別にコンプレックスというわけでもないのだよ」

「そ、そうなんだ。でも、じゃあ、どうして興味があるの？」

「どうしても何も……ナツヒコだって、胸の大きい女のほうが好きだろう？」

　首を傾げながら、じっと見つめられ、一瞬、声を失う。

「……違うのかい？」

「あー、いや……そんなこと、ないよ。って言うか、そもそも、胸の大きさの好みなんて、考えたこともないし……」

「そうなのか？　では、このような絶壁でも構わないと？」

　ソラは自分の胸元を撫で下ろしながら言った。

「ぜ、絶壁って。僕は気にしないよ。胸の大きさなんて……」

　ソラの発言の意図が読めなくて緊張していたが、本心を言ったつもりだ。

　クラスメイトの男子は、よく「隣のクラスの誰々は巨乳だ」なんて話で盛り上がっていたけれど、僕はそれに参加したことはないし、今の今まで、ソラの胸が平均と比べて小さいことを意識したこともなかった。

「そうか……うん。そうかそうか」

　どこか安堵したような笑みを浮かべながら、ソラは豊胸術の本を棚に戻した。そんな彼女の様子に、僕は益々混乱する。

今日のソラは、いつもと違う。僕の幼馴染みではなく、僕の恋人として振る舞っているように見えるのは、僕の自惚《うぬぼ》れなのだろうか……。

「二階は文庫本のフロアのようだな。……よし、椛へのお土産に、何か買っていくとしようじゃないか」

急に機嫌をよくしたソラに続いて、二階へと上がる。

フロアの一番目立つ場所に設けられていた、話題の新作コーナーから、椛の嗜好に合いそうなミステリー小説を一冊選び、購入。

それから、雑談しつつ店内を回った。

「見てくれナツヒコ、この本の値段を」

ソラが文庫サイズの本を手に取り、真剣な顔で言った。

「六百三十円なら、普通の値段だと思うけど？」

「そうだろう？　だが、先程立ち寄った駅ビルでは、シャツ一枚が六千円で売られていたんだ。信じられるか？　この本の十倍だぞ？」

「んー、女性の服の相場は知らないけど……」

「いやはや、こうして見ると、人間の価値観が如何に多様であるかが実感できるな。私なら、それしか着る服がないという状況でもない限り本を十冊買うほうを選ぶが、この世界にはいるわけだ、当たり前のように六千円のシャツを選ぶ者が……」

よほどのカルチャーショックだったのか、ソラは難しい顔で、うーむ、と唸《うな》った。

一通り見て回り、店を出たときには、すでに正午近くなっていた。

「もうこんな時間か……そろそろ、お昼にする？」

「いや、その前に、あそこへ行こう」

ソラが指差した先には、白い外壁の真新しいビルがあった。

ポスターの貼られた額縁のような物が、壁にズラリと並んでいる。

「あそこって、映画館？」

「うむ。デートの定番と言えば映画だ。……と、椛に助言を受けてな」

「はぁ……」

また椛か。ソラに変なこと教えてなければいいけど……。

とりあえず、僕らは映画館に入った。

広々としたロビーは、学生の集団に、お年寄りのグループ、それに大勢の家族連れと、多種多様な人々で溢れていた。チケット売り場の列に並び、僕らは上演予定の表示された画面を見上げる。

「何を観るの？」

「実は、もうすでに決めてあるんだ」

そう言ってソラが挙げたタイトルは、ロングラン上映中の洋画だった。

テレビでもネットでも大きく取り上げられていた作品だから、僕も大まかな内容は知っている。だからこそ、僕はソラに訊いた。

「ホントにこれでいいの？　ソラの趣味じゃないよね？」

「ああ。椛に薦められたんだ。デートで観るならこれだ、とね」

客席はほぼ満席だった。

公開されてから約半年が経つ映画なのに、えらく人気があるようだ。

やがて始まった映画は、コメディタッチのラブストーリーだった。

適度な笑いを挟みながらも、真剣に恋をする男女を丁寧に描いた作品で、僕は次第に物語へと引き込まれた。

そして、映画は感動的に幕を閉じる。もっと早くに観ておけばよかったと思うほどの良作だった。長く人気なのも頷ける。

「……？」

スタッフロールが流れ始めたとき、手に温かく柔らかな物が触れた。

隣に座っているソラが、僕の手に自分の手を重ねていた。

一瞬、ドキっとして、ソラの顔を見る。暗闇の中でも、彼女が僕の顔を見ながら微笑んでいるのがわかった。

とくん、とくん……と、心臓が鳴る。激しい高鳴りではない。

何も考えられなかった。

ただ僕は、魅入られたようにソラを見つめ、彼女の指に、自分の指を絡めた。

途端に、切なさが溢れてくる。

——足りない。まだ、足りない。

もっと深く繋がりたくて、僕はソラの手を握る。

ソラの手も、僕を握り返してくる。

その優しさに、受け入れてもらえた喜びに、泣きそうになる。

やがてスタッフロールが終わっても、二人の指と視線は絡んだまま。

——僕はもう、彼女から目をそらすことなどできないんだ。

そう、思った。

けれど、現実は残酷で。

映画が終われば観客は外に出なくてはならず。

席を立つ客らの喧噪に、僕とソラは我に返り。

お互い、真っ赤になって絡み合っていた視線を解けば。

繋がっていた手も、躊躇《ためら》いがちに解くしかない。

そうなると、次第に冷静さを取り戻してきて、さっきの自分を省《かえり》みる余裕も生まれるわけで、
僕は、映画館を出てしばらくの間、ソラの顔をマトモに見られなかった。

——なんであんな恥ずかしいことしちゃったんだ！

どうかしていた、としか思えない。映画の雰囲気に呑まれてしまったのだ。あの行為は、明らかに幼馴染みという関係の領分を超えていた。

でも……と思う。

ソラは受け入れてくれた。幼馴染みの距離を踏み外す行為を、許してくれた。

まだ熱っぽい頭でその意味を考えながら、隣のソラをチラリと見ると、

「……っ!?」

ばっちりと目が合ってしまい、僕は弾かれたように目をそらし、俯いた。

「さ……さて！　もうこんな時間だ！　昼食にしようじゃないか！」

何かを誤魔化すように、ソラは大声で言う。

「ナツヒコもいい加減腹が空いただろう？」

「う、うん」

いつもの声量と口調に戻ったソラに、小さな声で応える。まだソラの目を見ることはできないが、彼女の形のいい耳が真っ赤になっているのがわかった。

「この辺りは飲食店も多いようだし、どこか適当な店に入ろうか」

「あ、ちょっと待って」

提案しながら歩き出すソラを止める。

「お昼はファミレスにしない？」

「ファミレス？」

「知らない店だと入りづらいし、その……ハズレってこともあるだろうから」

ソラは顎に指を当て、しばし考えたのち「一理あるね」と頷いた。

「では、近くにあるファミレスを探そう」

「それは大丈夫。もう調べてあるから」

「……用意がいいなぁ。最初からファミレスにするつもりだったのかい？」

まあね、と答えつつ、鞄からファミレスの場所を記したメモを取り出す。

これで、昨夜カードに表示された不幸は回避できた。これ以上の不幸が起きることは、今日はもうない。僕は顔に出ないように安堵した。

「そう言えば、あのカードのことは何かわかったのかい？」

「……えっ!?」

危うく、メモを落としそうになった。

「例の、午後からの雨に気をつけるよう書かれていたという、カードのことだよ。椛の悪戯ではなかったのだろう？」

「あ、ああ……うん、そう……そうなの、かな？　えっと……まだ、その……よくわからないって言うか……その……あ、そう！　気にしないでおこうと思って！」

我ながら動揺しすぎだ。

「ふぅん……まあ、それもそうかもしれないね」

ソラは、それ以上、何も訊かなかった。多分、疑いは持っているだろうけど。

しかし、よく考えると別に隠す必要はないような気もする。未来予知や、マキちゃんの出てきた妙な夢について、ソラの意見も聞きたいと思うし。

まあ、今日のところは誤魔化しておくことにしよう。

メモに記しておいたファミレスは、もう午後二時近いというのに満席だったが、五分と待たずに席が空き、僕らは遅めのランチにありつくことができた。

食事をしながらの会話で、映画館から続いていた妙な雰囲気が消え、ようやく僕とソラはいつもの幼馴染みに戻れた気がする。お互いに、映画館での出来事には一切触れようとしなかったからだろう。

「このあとは、どうしよっか。もう夕方になっちゃうけど」

食事を終え、ファミレスを出ると、時刻は午後三時近くになっていた。

「最後に、少し寄りたい場所があるんだ。いいかな？」

ソラの提案に頷く。彼女は妙に真剣な顔をしていた。

駅に戻って電車に乗り込む。八扇方面へ向かう路線だ。

車内でのソラは口数が少なく、どこに行くのか訊いても、曖昧に答えを濁した。

「ここで降りよう」

そこは、八扇駅の三つ手前にある北平川駅だった。

駅は高架になっていて、住宅の多い北平川の町並みを一望できる。

ホームに降り立ったソラは、夕日に染まり始めた町の一点を指差した。

「久しぶりに、アレに乗りたいんだ」

細い指が示す先に、逆光で黒く見える、大きな観覧車があった。

◆

北平川こども遊園地。

そこは「遊園地」と呼ぶには少し勇気が要る程度に小規模な施設だった。

メリーゴーランドやコーヒーカップなど、定番の遊具が一通り揃ってはいるが、どれも子供向けなのか小ぶりで、敷地面積も比例して狭い。

けれど、小学生だった頃の僕にとっては十分に楽しい場所で、よく両親に連れて行ってとせがんでは困らせていたっけ。ソラと彼女の両親、それに今は一緒に暮らしている祖父母と来たこともある。

僕にとって、とても大切な思い出の場所。

その中でも特別なのが、北平川町のランドマークにもなっている、不相応なほどに大きい観覧車だった。

「なんだか酷く狭いように感じるな。私たちが成長したということか」

色褪《あ》せたゴンドラに乗り込み、僕とソラは向かい合って座った。

「景色も変わったね」

傷だらけのプラスチックの窓から外を眺める。

特に駅の周辺はベッドタウンとしての開発が進み、子供の頃の曖昧な記憶と比べて、背の高いマンションの数が増えていた。

「丸七年ぶりだものな。私たちも、町並みも、変わっていないほうがおかしい。この観覧車自体、かなりガタが来ているようだ」

ソラが指で示した窓枠には、錆《さび》が浮いていた。

ゴンドラそのものも、昔は虹をイメージした七色に塗り分けられていたはずなのに、今や橙《だいだい》色と黄色が見分けられないほど色が褪せてしまっている。

否応なしに、時間の流れを感じさせられた。

「覚えているかい？」

ソラの目に、面白い悪戯を思いついた子供のような色が宿る。

「初めてこの観覧車に乗ったとき、君が、高くて怖いと泣き出したことを」

「ぐ……。そ、そんなこと、あったかなぁ？」

目をそらして誤魔化すが、しっかり覚えていた。

まだ幼稚園に通っていた頃の話だ。僕とソラ、それに僕の母の三人で乗ったのだが、自分で乗りたいと言ったくせに、僕は半分も回っていない段階で泣き出し、早く降ろしてと母親に泣きついたのだった。

「あのときのナツヒコは可愛かったなぁ。今はもう高いところは平気なのかい？」

ニヤニヤと意地悪な笑顔で言うソラに、何か言い返してやろうと、僕は幼い日々の記憶をさらい、反撃できる思い出を探した。

「そ、ソラだって泣いたじゃないか。お化け屋敷に入ったとき」

「む……。あれは理解できない現象に驚いただけさ」

ソラはぷいっと顔を背《そむ》けたが、耳の赤さは隠せていなかった。

「それに、子供の頃の話だろう」

「僕だって、子供の頃の話だよ」

ムキになった顔で言い合い、そして僕らは同時に噴き出した。

明るい笑い声が、狭いゴンドラに籠《こ》もって響いた。

「お互い、子供だったよね。怖いものが、たくさんあった」

「まったくだ。今じゃもう、泣くことさえ珍しくなってしまったな……」

ソラは笑いすぎて目に溜まった涙を拭《ぬぐ》った。

「泣いてるじゃん、今」

「これはノーカウントさ。涙が零《こぼ》れただけで、泣いてはいない」

ふっ、と不敵な笑みで言い、ソラは視線を窓の外に向けた。

「……辛くはないか？」

それが僕への問いかけだと、声の優しさでわかった。

「わからないよ」

素直に答えながら、僕も外の景色を眺める。

「何かは感じてると思う。胸の辺りが苦しくなる感じ」

この遊園地には、僕とソラの思い出が、至るところに転がっている。ちょっぴり恥ずかしくて、でも心が暖かくなる、そんな思い出が。

それと同じように、僕と両親の思い出も、ここにはある。

「お父さんに、肩車してもらったことがあるんだ」

そのときに見た、いつもより高い場所から眺める遊園地の光景。

「迷子になって、お母さんに迎えに来てもらったこともある」

そのときに感じた喜びと、抱きついた母親の温かさ。

全て覚えているけれど、僕はこの七年、その思い出たちを封じ込めてきた。

それを今日、解き放って、感じたことは。

「少し、寂しい……かな。でも、辛いのとは違う気がする。……うん。やっぱり、よくわからないや」

「……そうか」

ソラが僕を見て微笑む。

僕も彼女を見て笑った。上手く笑えているかは、わからないけど。

両親のことを思い出しても前ほどの寂しさを感じないのは、もしかすると今の世界が平穏だからかもしれない。未来予知の能力が与えてくれる静かで穏やかな日々が、僕に笑う余裕を与えてくれているのか。

脳裏にマキちゃんの姿が浮かぶ。もし、マキちゃんが夢の世界の住人ではなく、本当に神様だったとしたら、カードをくれたのも、やはり彼女か。

いや、マキちゃんでも、他の誰でもいい。

あのカードをくれた誰かに、僕は感謝したいと思う。

僕らの乗るゴンドラは、観覧車の最も高い場所に近づいていた。

「……ナツヒコ」

見つめ合っていたソラが、真剣な表情を浮かべて、言った。


「私は、君のことが好きだ」


何を言われたのか、僕は最初、理解できなかった。

だから、ほとんど条件反射みたいに、

「うん」

なんて言って、頷いていた。

このとき、僕の頭は活動停止状態にあって、それが動き始めたのは、

「これはいわゆる告白のつもりなんだけどね」

と、ソラが苦笑しながら言った、そのあとだった。

告白。その言葉の意味を思い出し、その行為の意味を思い出し、僕は。

「〜〜〜〜〜〜〜っ!?」

僕は口を押さえた。ゴンドラに酔って吐きそうになったわけじゃなく、そうしないと、驚きのあまり奇声を発してしまいそうだったからだ。

口を押さえた手の平が熱い。手で触れた顔の一部が熱い。

全身が燃えるように熱くて、沸騰した頭の中を、驚きと疑問とが、パチンコ玉みたいに跳ね

回っていた。

「こっ、ここ、こく……こく、はく？」

「そう。告白。私は君のことが好きなのだよ」

改めて断言され、僕は心臓が止まったと思った。

だって、堪《た》えられるはずがない。こんな驚きに、緊張に、そして、喜びに。

「言っておくけれどね」

ソラの顔は、僕の顔の色が移ってしまったみたいに赤くなっていた。

「君のことが幼馴染みとして好き、と言いたいわけじゃないんだよ？　家族のように好き、でもない。異性としての紫藤《しどう》ナツヒコが好きなんだ」

またた。また好きと言われた。目の奥がチカチカした。

僕は口を押さえていた手をどける。いい加減、息ができなくなりそうだった。

肩で息をする僕を、ソラは真剣な表情で見つめ、言う。

「ナツヒコに……その、わ、私の……私の恋人に、なってほしい」

伏見ソラらしからぬ、歯切れの悪い口調。

ソラは、両手を拳《こぶし》にして膝の上に置き、じっと僕の言葉を待っている。

本音を言えば、今すぐ逃げたい。

こんな緊張を感じたことは未だかつてなくて、重圧に押し潰される前にゴンドラから飛び出してしまいたい……そう思った。

でも、それはできない。

想いの籠められたソラの瞳が、僕を「ちゃんと答えなくちゃ」と奮い立たせた。

――ソラの好意に気づいていなかったと言えば、嘘になる。

両親を亡くして沈み込む僕を支えてくれたのは、紛れもなくソラだった。ソラは慰めるのでもなく励ますのでもなく、ただ黙って僕の傍にいてくれた。祖父母に引き取られたあとも、暇を見つけては僕に会いに来てくれた。

そのことが、僕にとって、どれほどの救いになったことか知れない。

僕を支えてくれたソラの献身を単なる優しさだと思い込もうとするのは、彼女に対する裏切りだとすら感じる。

――では、自分の気持ちはどうだろう。

ソラが傍にいてくれる今、感じている安らぎ、温かさ、幸福感は、全て彼女への感謝の念が大本にあるのだろうか。

――違う。そうじゃない。

両親を失った傷がソラと一緒にいることで癒されたのは、その前からソラのことが好きだったからだ。ソラが自分にとって特別な存在だったから、まだ全てを失ったわけじゃないと思えて、生きる意味を見出せた。

そして今日、僕は思い知ったはずだ。

彼女が、精一杯のオシャレをして待ち合わせ場所に現れたとき。

彼女が、胸の大きな女が好きなのだろうと不安げに呟いたとき。

彼女が、僕の手を優しく包み込むように握り返してくれたとき。

自分のことだぞ。気づかないわけ、ないじゃないか。

――僕は、ソラのことが好きなんだ。

ずっと前から、今も。

「……ソラ」

顔を上げ、ソラと真っ直ぐに見つめ合う。

「僕も、ソラのことが、好きだよ」

ゆっくりと、丁寧に、ありったけの想いを、言葉に込めた。

届いただろうか。ソラは、深く息を吐いて胸を押さえる。

それから、言った。

「私の、恋人になってくれるのか？」

「僕の、恋人になってくれるかな？」

お互いに、問い。お互いに、笑う。目には、溢れんばかりの涙を溜めながら。

その笑顔が、問いの答え。

この瞬間、きっと、僕とソラの関係は、幼馴染みから、恋人になった。

「また泣いているよ、ソラ」

「泣きもするさ。なんだか知らんが、凄く緊張したんだよ。そういうナツヒコだって、泣いているじゃないか」

「僕は泣いてない。涙が零れているだけ」

「くっ、卑怯な」

僕らは二人揃って目尻を拭いながら、笑い合う。

何も変わっていないように見える、二人。でも、確かに何かが変わっている。

僕の目にソラの笑顔は、幼馴染みだったさっきまでとは、まったく違って見えた。

「ナツヒコ。隣に座ってもいいか？」

返事を待たずにソラは立ち上がり、ゴンドラを揺らさないように気をつけながら、僕が横にずれて空座席に座った。

そして、有無を言わさぬ速さで僕の手を取り、映画館でしたように指を絡める。

それだけで、僕は目眩がするほどドキドキしたのだが――。

「ちょ、そ、ソラ？」

「ふむ。これは、なかなかどうして、心地がいいな」

ソラは僕の肩に頭を乗せ、体を預けてきた。二人の間から距離が消える。

シャンプーだろうか、ソラの体からはとてもいい匂いがした。

「これが恋人同士の作法なのだろう？」

と、ソラは後ろの窓を空いた手で示す。窓の向こう、下方のゴンドラの中で、男女がピッタリと寄り添っているのが見えた。今の僕らと、ほとんど同じ格好だ。

「折角だから、参考にさせてもらおうと思ってね」

「そ、そうは言っても……ちょっと恥ずかしいよ……」

「いいじゃないか。何を気兼ねすることがある。私たちは恋人同士になったんだ。思う存分イチャつけばいい」

「うーん……正しいような、間違っているような……」

だけど、ソラの体から伝わる温もりは、確かに心地良く、離れがたかった。

二人だけの空間に、傷だらけの窓から夕日が差し込む。

「実を言うとさ、今日の服装、少し寒かったんだよ。椛にはオシャレのためには我慢も必要と

言われたのだが……でも、こうしていると、暖かいな」

お互いの体温が伝わるからだけじゃなくて、これはきっと、心の中から溢れてくる温かさだと僕は思ったし、ソラもそう感じているのだろう。

「ソラは告白するために遊園地に来たの？」

「まあ、ね。そもそもデート自体が告白のためさ」

「そっか。……ちょっと、意外かな」

「何がだい？」

「告白とか、興味ないだろうって思ってたんだよ。その、恋愛とかも」

「興味はないさ。今も。ただ、そう……何故、告白したのかと訊かれれば、やはりそれは、許可がほしかったからだと思う」

ソラは慎重に言葉を選ぶように言った。

「許可？　それは、なんの？」

「単純だよ。私の欲望を満たすための許可さ。君がほしいという、欲望のね」

顔を上げて僕を見つめたソラは、妖艶《ようえん》とも言える笑みを浮かべていた。

「衝動。我慢の限界、というヤツかな。君がほしくて堪らなくなってしまった」

「ほしい……って」

「君と一緒にいたい。君の肌に触れたい。君と……繋がりたい。紫藤ナツヒコという存在を全身で感じて、独占してしまいたい。そんな欲求が、高校に上がって、より多くの時間を君と共有するようになって、一気に肥大化したんだよ」

直接的すぎる言葉の波。僕は頭の芯が痺れるのを感じた。

ソラは、こんなにも僕のことを。

「だけど、そんな欲望を君にぶつけて、迷惑をかけたくなかった。困った顔を見たくなかった。だから、告白したんだよ。君に、私の欲望を受け入れてもらうために」

その欲望の名前を、僕は知っている。

愛情、という名の欲望だ。それはきっと、僕の中にだって、ある。

「浅ましいと、思うかな？　思われても仕方がないけれど、でも」

「僕も」

切なげな表情で言いつのるソラを、見つめて止める。

これ以上、彼女にだけ想いを口にさせるのは、あまりに情けないから。

「僕も、ソラがほしいよ。ずっと一緒にいたい。ソラと同じように、僕もずっと我慢していたのかもしれない……」

「それなら……ほしがっても、いいだろうか。ナツヒコを」

「うん。僕も、いいかな、ソラを求めても」

「ああ。勿論だとも」

綺麗な瞳を潤ませながら微笑み、ソラは再び僕に体を預けた。

「嬉しいな……幸せだ。これが、幸せか」

噛み締めるような呟きに、僕も頷く。

七年前に、平穏な日常とともに失った、幸せ。

それは、こんなにも近くに、いつも僕の隣にいてくれたんだ。

やがて、僕らを乗せたゴンドラが地上に近づく。

扉を開けて、この幸せな時間を終わらせようと、係員が待ち構えている。

「無粋なヤツめ。黙ってもう一周させてくれればいいだろうに」

「仕方ないよ。また、二人で来よう」

「そうだな。次は、予め二周分のチケットを渡しておこう」

僕らはギリギリまで粘って、ゴンドラから降りた。

手を繋いだまま。寄り添ったまま。二人の距離を、ゼロにしたまま。

もう、幼馴染み同士ではない、それは恋人同士の距離だった。

◆

思い出の遊園地をあとにして、僕らは帰路についた。

帰宅ラッシュにぶつかってしまったのか、北平川駅のホームは人で溢れていた。

八扇駅まで一駅で着く快速電車は混んでいるだろうから、各駅停車で帰ることにして、ホームで次の電車を待つ。

そのとき、

「……あっ」

人混みに押しやられたソラが、ホームの端から落ちてしまいそうになる。

僕は慌てて、繋いでいた手を引く。

抱き留めるようにして庇《かば》ったソラのすぐ後ろを、電車が通過した。

「ソラ、大丈夫？」

「ああ、ありがとう。平気だ」

僕の心臓は早鐘のように鳴っていた。

「まったく……手を繋いでいてよかったよ」

「うん。本当に」

もし、手を繋いでいなかったら。二人が幼馴染みのままだったら、危なかった。

僕らは、より強く、互いの手を握り直した。

幕間【ぼくらの報復政策】

「いい眺めだな」

彼はテレビを観ながら言った。

画面に流れているのは、市内で発生した火事を報じるニュース。

焼けたのはアパートの一室で、無職の男が焼死体で発見されたという。

その男は、世間を騒がせていた連続放火事件の犯人だった。

そして、一週間ほど前に、彼が「報《むく》いを与えろ」と私に命じた男でもある。

「放火犯が火事で焼死か。これ以上の相応はないな」

特に感慨はない様子で、彼は淡々としていた。

当たり前に起こるべき出来事が、当たり前に起こった。そう認識しているのだろう。

私はリビングの隅に立ち、ただ彼の声を聞く。


彼の願いを叶えるために、私は彼の道具になった。

報復対象を定めるのが、彼。それを実行するのが、私。

実行といっても、直接手を下す必要はない。世界に満ちる確率を操ることで、遙か遠くにいる報復対象にも、不運な事故や事件という形で報いを与えられる。

どのような報いが相応しいかは、彼の願いを叶えると決めた瞬間から、考えるまでもなくわかるようになった。私という存在は、人の願いを叶えるモノであるが故に、叶えるべき願いに適合できる。

私の力を理解した彼は、しかし、慎重だった。

彼はまず、日本国内で発生した凶悪事件の犯人を報復対象に選んだ。これはおそらく、私の能力を試す意味もあったのだろう。

たとえ警察が容疑者を特定できていない事件であろうと、私なら犯人の名前や容姿、居場所、過去の経歴まで知ることができる。報復を実行するのも、報復が為されたことを確認するのも、難しくはない。


世界の全てに、相応しい報いを。


創造主と違い不完全な私では、世界を一度に変えることは出来ない。

それでも、こうしていれば少しずつ願う世界に近づく、と彼は言った。

「明日からは、身近な人間も報復対象に含めるぞ」

彼の身近な人間。家族などの身内のことか。

「家族は駄目だ。近すぎる。外に出て、その辺を歩いてるヤツに適当に報復する」

私の能力の即効性を確かめるつもりか。

「そうだ。……それとお前、外に出るときは、これを着ていけ。そんな気味の悪い格好じゃ目立ちすぎる。連れて歩く気にならん」

彼はテーブルの上に置かれていた紙袋を私に差し出した。

受け取って中を見ると、彼の通う高校の女子用の制服が入っていた。

「髪ゴムも入れておいた。その無駄に長い髪を結んでおけ」

面倒くさそうに言って、彼は自室に戻った。

奇妙な男だ、と改めて思う。

彼が私に物を与えるのは、これが初めてではない。

最初に与えられたのは、住む場所。彼が、彼の親に買い与えられたというこのマンションの一室、その中の一部屋が私に宛《あ》てがわれた。元々、単身で暮らすには部屋が多く、余っていたのだという。

空き部屋だったそこには今、簡素なベッドと化粧台が置かれ、クローゼットには彼一人が暮らす分にはまったく必要のない、女性用の衣服が収められている。

今まで多くの人間に出会ったが、こんな風に遇されたことは一度もない。

神のように崇《あが》められたり、化け物のように気味悪がられることはあったが、彼はまるで、私がただの人間、ただの女であるかのように扱う。明らかに私を見下している態度を除けば、彼は至極、私に対して丁重だった。

他にも奇妙に思うところはある。

それは、彼の人格だ。

彼が携帯電話で友人と会話しているのを見かけたことがある。そのときの彼の口調や表情はまったくの別人に見えた。明るく、気さくで、冗談なども交えて会話する彼は、私の知る普段の彼とは似ても似つかない。

もしかすると、彼は多重人格症状を患《わずら》っているのではないか？

「馬鹿を言え。あれは演技しているだけだ」

私が問うと、彼は気さくさなど微塵も感じさせない、冷たい声で答えた。

「格の低い連中と言えど、敵に回すよりは味方につけたほうが得だからな。連中の好む人格を演じてやっているんだよ。ちょっとしたサービスだ」

随分とふざけた人格のように見えたが。

「ふん。普段はふざけているが根は真面目で、嘘は吐かないし約束も守る。そういう人格が一番受けるんだ。ふざけすぎるのも駄目だが、真面目すぎてもいけない。そして必ず、どこかしらに他者より劣った部分を持つ」

人間は、劣った他人を好むのか。

「当然だ。連中は自信喪失症を患ってるんだよ。自分より優れた人間に対して好感を抱くことができない。劣等感ばかりを刺激されて、苦しむからだ」

だが、人間には尊敬という感情もある。尊敬は、自分より優れた相手に対する好感と言えるのではないか。

「甘い考えだな。人間は嫉妬する生き物だ。尊敬を口にしながらも、その裏側には、嫉妬が潜む。それに本人すら気づかないことがあるのだから、面倒この上ない」

そう断言する彼はしかし、一般的な学生に劣っている部分があるとは見えない。

好感を得るためだけに劣等を演じる人物とも思えないが。

「何も実際に劣っていなくてもいい。下等な連中は、物事の本質を見ようとせず、妄想の中で生きている。人間関係すら、妄想で補完しながらな。挨拶代わりにグチの一つでも吐いてやれば、それだけで安心できてしまう。コイツも自分と同じで完璧じゃないのだなと、現実の俺ではなく妄想上に作った俺を見て、安心するんだ」

まるで、他人の心が読めているかのように言う。

「読めて当たり前だと思うがな。有象無象《うぞうむぞう》の考えていることなど、児童文学よりも読みやすく、理解しやすい。俺にとっては、だが」

では、そんな下等な存在に、どうして彼は付き合うのだろうか。

「俺はな、負けるのが嫌いなんだ。どんな些細なことでも、常に勝利者で在り続けたい。自分の能力だけではなく、友人の数や質、周囲からの評価、そして、自分のためにどれだけの人間が死んでくれるか。あらゆることで、勝ち続けたい」

そのために、人の心を理解し、支配するのか。

「勝つのは楽しいからな。少なくとも、負けるよりは」

報復を願ったのも、勝つためか。

「勝利者とは頂点に立つ者のことを言う。人に褒美《ほうび》を与えるのも、罪人を裁くのも、全て上位者の仕事だ。万人の行動や思想を評価し、それに相応しい報いを与える……頂点に立つ者に相応しい特権だと、そう思わないか？」

私は、彼の問いに答えなかった。

彼もまた、私の答えなど必要としていなかっただろう。

人ならぬ身の私は、彼の考え方に感心もしなければ、非難する気も起きない。

ただ、強く願う彼の道具となって、役目を果たすだけ。

私は人の願いを叶えるモノ。

ただ、それだけのモノ。

第3章【あの子は一人で】

バスから降りると、吐いた息が白く染まった。

十一月も下旬。今朝の寒さは本格的な冬の到来を感じさせる。

八扇駅前の広場を見渡し、僕は彼女の姿を見つけた。途端に、寒さに縮こまっていた体は熱を帯び、彼女の近くへ向かう足を早めた。

「やあ、ナツヒコ」

「おはよう、ソラ。今日も冷えるね」

お互いに軽く手を挙げながら挨拶し、すぐにその手を重ねた。

ごく自然に、当たり前のように、指を絡める。

冷えていた僕の手は、ソラの手の温もりで、瞬く間に温められた。

「今週末はさらに気温が下がると思うよ。君の部屋には暖房がないから大変だろう。毎朝、寒さに凍えているのでは？」

「大丈夫。毛布に羽毛布団を重ねがけしてるから」

手を繋いだまま、停留所でバスを待つ。

「それは残念だね。防寒対策がないのなら、私が泊まりに行って温めてあげようと思っていたのにさ。無論、人肌でね」

悪戯っぽい笑みに、ドキリとする。

今までの自分なら戸惑い狼狽えるだけだっただろう提案に、僕は。

「えっ？　……あ、じゃあ、その……今夜辺り、お願いしてもいい、かな？　重ねがけしてても、寒いことは寒いし……」

思いきって言うと、ソラの顔がみるみるうちに真っ赤になった。

「ぐぬ……！　このところの君は、からかい甲斐がなくてつまらんな！」

「自分で言ったくせに……」

ぷいっと顔を背けたソラは、僕を横目で見ながら、

「それで、その……本当に、行ってもいいのか？」

「う、うん。是非に……」

「まあ、なんだ……流石に人肌で温めるのは、無理かもしれないが」

「そ、そうだよね。椛とかもいるし……」

頷いて、そのまま俯く。ソラも隣で恥ずかしそうに下を向く。

顔が熱くなって、心臓が高鳴って、ソラと繋いだ手が温かくて。

何よりソラと一緒にいる今が幸せすぎて、どうにかなってしまいそうだった。

やがて来たバスに乗り込むときも、並んで吊革に掴まっている間も、高校の校門を潜るときも、僕らはずっと手を繋いでいた。恋人の距離を、保っていた。

「よぉ、お二人さん！　朝から見せつけてくれるねぇ！」

下駄箱の前で靴を履き替えていると、アキトが現れた。

サッカー部のユニフォーム姿なので、多分、朝練のあとなのだろう。

「おはよう、アキト」

「おう、おはよう。……で、二人は今日も仲良く一緒に登校か？」

僕は頬を指で掻きながら照れ笑いを浮かべた。これで十分、答えになる。

「羨《うらや》ましいね、まったく……」

溜め息を吐き肩を落とすアキト。

「こちとら、朝っぱらからむさくるしい先輩らに囲まれて練習だぜ？　しかも、気合い入れるためとか言って、スクラム組むんだぞ？　どうせ組むなら可愛いカノジョと腕を組みたいよ……はぁ」

「で、でも、アキトって女子にモテてるんじゃないの？　ラブレターもらったりとかしてるみたいだし、告白されたりとか……」

「されるよ。たまにだけどな」

アキトは真面目な顔になって言う。

「告白はされるけど、正直、よく知らない子が多いんだよ。それなのに、好きです、って言われただけで、オッケーじゃあ付き合おうぜー、なんて、なんか不誠実で嫌なんだよな、俺」

彼らしい考え方だと思った。

僕の知るアキトは、自分の気持ちも、相手の気持ちも、ちゃんと尊重する人だ。

「だからさー、友達から始めようって話になるんだけど……なかなかなぁ。元からあんま接点のない子ばっかりだし、続かないんだよなぁ……」

「そういうものなんだ……」

「お前と伏見みたいに、幼馴染みから恋人に、ってのが理想だと思うんだよ」

うんうん、と言いながら、アキトはしみじみ頷く。

「待たせたね、ナツヒコ」

隣の下駄箱で靴を履き替えていたソラが、自然な動作で僕の手を握った。

アキトや他のクラスメイトの前では、やっぱりまだちょっと恥ずかしい。

「お前ら、なんつーか……ホントに幸せそうだな」

「幸せそう、ではなく、幸せなのだよ。真実、私とナツヒコはね」

「羨ましいなぁ……その幸せ、ちょびっとでいいから分けてくんない？」

「嫌だね」

冷淡に断られ、アキトは「ずーん」と口で言って落ち込んだ。

「ぼ、僕はアキトが羨ましいって思うよ！」

「へ？　俺が？」

「アキトは背が高いし、カッコイイし、サッカーも上手いし、それに勉強もできるでしょ？　僕にないものをたくさん持ってて、ホントに羨ましいんだ！」

フォローのつもりではなくて、僕は思わず口走っていた。

「それにソラのことも羨ましいんだ。みんな、そうなんじゃないかな。みんな、誰かを羨んでいて、誰かに羨まれてるんだよ。僕みたいなヤツだって、アキトに羨まれてるんだから、みんなきっと、お互いに羨み合ってるんだと……思う、その」

勢い任せの言葉は、最後は尻すぼみになってしまった。伝えたいことの半分も伝えられていないような気がして、僕は俯いた。

「ナツヒコ……お前」

アキトが僕の肩に手を置いた。顔を上げると、彼は微笑んでいた。

「お前、やっぱいいヤツだな。ナツヒコと友達になれて、俺は……そうか、俺も幸せだったみたいだな。お前の友達やれててさ」

「アキト……」

見つめ合う、僕とアキト。

すると、凄まじい速さで横合いから細い腕が伸びてきて、僕の肩に置かれたアキトの手を弾き飛ばした。

「あ痛ッ!?　ちょ、伏見！　何すんだお前！」

アキトを攻撃したのはソラだった。

ソラは、鋭い視線でアキトを睨み、しがみつくように僕の腕を抱え、

「何すんだはコチラのセリフだ！　ナツヒコは私のナツヒコなんだ！　許可なく勝手に触るんじゃない！」

威嚇《いかく》するようなソラの声は昇降口全体に響き渡った。

そのセリフがどんな意味で周囲に受け取られるのか、それは考えるまでもないことで、僕はとても幸せなのだけれど、ひょっとしたら幸せっていうのは周りから見たら凄く恥ずかしく見えるんじゃないかと、幸福感と羞恥に茹《ゆ》だったように熱くなる頭で思ったのだった。

◆

ソラに告白されてから、十日ほどが経った。

その間、僕とソラはほとんどの時間をともにすごしているが、表面上はあまり変化がなかったように思う。

変わったことと言えば、登下校時に手を繋ぐようになったことくらい。

ソラは、僕らが恋人同士になったことを、家族やクラスメイト、部員仲間に進んで周知して、僕としては顔から火が出る思いだったのだけれど、それで周囲の視線が変化するということは

なかった。

「えぇっ!?　お二人って、今まで付き合ってなかったんですかっ!?」

と、驚きに目を見開いたのは、ボードゲーム部の後輩の女子だ。

「いや、だって、お二人とも、いつも一緒にいますし、幼馴染みだと聞きましたから、もうずっと前からお付き合いしているものかと……」

どうやら、とっくの昔から付き合っているのだと思われていたらしく、家族も、クラスメイトも、ほとんどの人が似たようなリアクションを返した。

よくよく思い返してみれば、確かにそう取られても仕方がない部分はあった。登下校はほぼ毎日一緒だし、違うクラスのソラが、休み時間に僕のクラスへ遊びに来ることも多かった。

そのことに対し、ソラは、

「何か釈然としないな。あれだけの覚悟を決めて告白したというのに……」

と、若干、不満げだった。

しかし、平穏な日常を求める僕としては、変化がないのは喜ばしいことだった。

平穏といえば、カードの未来予知も続いている。

相変わらず、カード自体の正体は不明。でも、発揮される力は有用で、僕が平穏に日々をすごすのに一役買ってくれている。

カードをくれたのがマキちゃんだとしたら、未来予知には代償があるはずだが、今のところそれらしい害は発生していない。気づいていないだけ、かもしれないけど。

カードを捲り続けて気づいたのは、最近、予知される不幸が些細なものばかりになっているということだ。その内容も、ソラの機嫌を損《そこ》ねる、とか、ソラの中で僕の評価が落ちる、などの、ソラに関するものばかりになっている。

　これは、僕の精神状態が関係しているのではないかと推測している。

　今の僕は幸せだ。ソラのお陰で満ち足りている。だから、ちょっと道で転んだり、雨に降られた程度では、そんなに不幸と感じない。その代わり、ソラに嫌われたり、ソラと距離を置かれたりすることが、とんでもない不幸に感じる。

　そういった僕の変化が、未来予知に影響を与えているのではないだろうか。

　まあ、確かなことは何もわからないけれど。

　ともかく、僕の日常には、求めていた平穏が戻っていた。

　ソラと、そして未来予知のカードのお陰で。

◆

　ある日、学校でちょっとした事故が起きた。

　憩《いこ》いの場として生徒に人気の高い広々とした中庭。

　その中心にある桜の木の枝が折れ、真下にあったベンチを直撃したのだ。

　昼休みのことで、中庭で昼食を食べていた生徒が多かったことから、少し騒ぎにはなったものの、幸い怪我人はなかった。

　カードのお陰で、僕とソラが怪我人になることは、なかった。

「よかったたね。今日は教室で食べることにしてて……」

　放課後。ソラと二人で部室へ向かう途中、廊下から中庭を眺めた。

桜の木の周りには、立ち入り禁止のテープが貼られている。枝が落下した原因を突き止め、対策を施《ほどこ》すまでの処置だと聞いた。

普段、僕とソラは中庭で昼食を取っている。学食でパンを買い、桜の木の下にある——今は枝が当たって背もたれの一部が壊れてしまったベンチに座って。

今日に限って、中庭ではなく教室で食べたのは、勿論、偶然じゃない。

昨夜、カードにこんな文章が浮かんだのだ。


『明日、昼休みに中庭で怪我をする。お昼は教室で食べること』


だから、僕は「たまには教室で食べようよ」とソラを誘い、結果として、不幸な出来事を避けることができた。

「いやはや、ナツヒコには感謝しなくてはな。君が教室で食べることを提案してくれなければ、大怪我をしていたかもしれない。ありがとう」

「あ、ああ、うん。でも、そんな大したこ……」

「まるで、未来予知でもしていたみたいだ」

僕の言葉を遮《さえぎ》るソラの何気ない口調に、ギクリとして足が止まった。

「うん？　どうした、ナツヒコ」

数歩先を行ったソラが立ち止まり、振り返った。

「何をそんなに驚いている？」

「……え？　いや、あはは……そんな、驚いてなんか」

隠し事をしているという後ろめたさがそうさせるのか、僕はソラの目を真っ直ぐ見返すことができない。

「そ、ソラが急に、未来予知なんて言うからさ……」

「私は感想を述べたまでだが？　まるで、ナツヒコは桜の枝が落ちることを予め知っていたように感じた、という感想を」

冷や汗がこめかみを伝うのがわかった。

ソラの口調は追及じゃない。詰問でもない。なのに何故か、有無を言わせぬ強さがある。話を逸らすことを許さない、強制力のようなものが。

「そんなわけ、ないよ。未来予知なんて。僕はただ、その、いつも中庭で食べてたら飽きるかなって思ったから……」

「ほぉ？　今日に限って、偶然そう思ったと？」

「う、うん。変かな？」

「いや、別に、まったく、変ではないね。そういうことも、あるだろう」

一語一語を強調するように細かく区切りながら、ソラは言う。

俯きながら、伺《うかが》うようにして見たソラの表情に、疑惑の二文字はない。代わりに見えるのは、とても楽しそうな笑顔。そして、好奇心。

「それにしても、最近の君は、やたらと勘が冴え渡っているみたいだね？」

「勘……？　なんのこと？」

「聞いたんだぞ？　昨日の世界史の抜き打ちテスト、完璧だったらしいじゃないか」

びくっと跳ねそうになった肩を、根性で押さえつけた。

抜き打ちテストがあることは前日のカードを見て知っていたから、出題されそうな部分を事前に予習していて、今日返された答案用紙は、なんと満点だった。

そのことを、ソラは知っているのか。別のクラスなのに？

「誰に聞いたの、それ」

「おや、本当に完璧だったのか？」

「……は？」

「なるほど。これは益々、未来予知の実在を疑いたくなるなぁ」

くくく、と意地悪そうに笑うソラに、鎌をかけられたことに気づく。

なんというか、もう全てバレれているのではないかという気がしてきた。

「抜き打ちテストに、木の枝が落ちること、それに以前に雨も予知したし、デートの日にファミレスの場所を調べてあったというのも、今にして思えば妙だねぇ。そういえば、バスの事故が起きたときも、前日の深夜に、いつもより早く一緒に登校しようと誘いをかけてきたね。そんなこと、過去に一度もしなかったくせに」

ソラが笑いながら一歩踏み出し、僕の顔を下から覗き込む。

「それらを全て、君は、ただ〝そう思ったから〟だと言うのかな？」

ああ、これはもう駄目だ。

ソラは僕に訊《たず》ねているんじゃない。早く話せと促《うなが》しているだけだ。

そもそも、よく考えたら、あのカードのことを秘密にしておかねばならない理由なんて、ないような気がしてきた。誰に口止めされたわけでもないし、それにソラならカードの正体を正しく推理できるかもしれない。

そして何より、恋人であるソラに隠し事をするのは、凄く後ろめたいんだ。

「……ソラ」

「何かな？」

「ゴメン！　今まで黙ってて！」

僕は一歩下がって思いっきり頭を下げた。

「…………？　ソラ？」

しばらく待ってもリアクションがないので、不思議に思い頭を上げると、ソラは目も口も大きく開けて、呆けていた。

「ナツヒコ……本当、なのかい？」

「え？」

「君は本当に、予知能力を持っているのか？」

開いていた口が少しずつ塞がり、口の端が上がって弧を描く。

見開かれた黒目がちの瞳はキラキラと輝き、まるで子猫のよう。

ソラの顔に浮かんでいたのは、紛れもなく、抑えきれない好奇心。

「ほっ、ほほ、本当に、本当に、予知か？　未来予知をしているのかっ？」

「え、あ、いや……その、僕って言うか、これが……」

一気にテンションの上がったソラに気圧《けお》されつつ、僕は鞄に入れてあった未来予知のカードを取り出した。

平穏な日常を維持するのに必要な道具だし、お世辞にも防犯能力が高いとは言えない自宅に置いておくのも不安だったので、今はこうして持ち歩くようにしている。

そのカードを、小さく跳びはねているソラに手渡した。

「これに、明日の出来事が浮かぶんだけど……」

「ほうほう！　これが！　未来予知の！　なるほど！　へぇ！　一見なんの変哲もない、そこらのコンビニにでも売られていそうなカードだな！」

新しいゲームを買ってもらった小学生みたいな笑顔で、ソラはカードを矯《た》めつ眇《すが》めつ、裏返したり、光に透かしたり、擦ってみたり。

もう、なんだか、ソラが楽しそうで何よりです、という感じだ。

「紙ではない！　プラスチックでもないな！　すごい！　何でできているんだ！　ナツヒコ！　コレをどこで手に入れた!?　どうやって使うんだ!?」

「えっと、それは――」

「未来予知の精度は!?　能力に条件や制限などはあるのか!?　浮かぶと言ったが、それは文字でか!?　それとも絵か!?　今までにどんな予知があった!?　私にも使えるか!?　他の人間ではどうだ!?　それから――」

「ちょっ、ちょっと落ち着いてよ！　順番に話すから！」

「ならばなるべく急いで頼む！」

動きを止め、ソラはキリッとした表情で言った。

こんなソラを見るのは本当に久しぶりだ。まだ両親が生きている頃、小学校の敷地で遺跡が見つかったとき以来だろうか。あのときも、夜中に発掘現場に忍び込もうとしたりして、大変だったなぁ。

ソラは昔から、謎とか不思議なことが大好きな子だった。正確に言えば、その謎や不思議を解明することが、だ。探究心が旺盛というか、おそらく、ともに研究者をしている両親の影響なんだろうけど。

最近になって、ソラが好奇心に目を輝かす機会が減ったのは、単に周囲にある謎や不思議をあらかた解明してしまったためだろう。

そんなとき、目の前に『未来予知のカード』なんて謎と不思議そのものみたいな存在が現れれば、反動も手伝って別人格が表出したかのようにハイテンションになってしまうのも仕方がない……か。

それに――。

「早く！　早く！　ナツヒコ！　早く！」

子供みたいに僕を急かす、いつもと違うソラの笑顔は、とても可愛かった。

頭の中で整理しながら、僕は手短にカードのことを話した。

カードを手に入れた経緯、カードの能力、カードに浮かんだ未来、そして、夢の中で出会ったマキちゃんのことも。

一通り話し終えると、ソラは、

「……妙だな」

腕を組み、口に手を当てて、思案顔で言った。

さっきまでのはしゃぎようが嘘みたいに落ち着き払っている。

「妙って？」

僕が訊いても、答えはない。

ソラの視線は、中庭の桜に向けられていた。

「……前にも言ったけれど、未来予知には意味がないんだ」

思案の姿勢はそのまま、視線だけ僕に戻し、言う。

「意味が、ない？」

そういえば、そんなことを言っていた。

カードに浮かんだ最初の未来予知、あの雨の日に。

「うん。……そうだな、少し喩《たと》え話をしようか」

口に当てていた手を下ろし、腕は組んだまま、ソラは続ける。

「例えば、君が、登校途中の道で事故に遭う、という未来を予知したとする」

「うん」

「君はどうする？」

「そりゃ……いつもと違う道を通るか、学校を休むかすると思うけど」

とにかく事故を避けようとするだろう。

「まあ、そうだろうな。では、君は学校を休んだとしよう。その結果、君は事故に遭わなかった。登校していないのだから、事故に遭うはずはない。だが、これだと、未来予知は外れてしまったことになる」

数秒の、沈黙。

「……え？」

「わからないか？　君が予知したのは、事故に遭うという未来だ。しかし、事故には遭わなかった。つまり、君の未来予知は外れたということだ」

少し考えて、理解が追いつく。確かに、そうかもしれない。

「ち、ちょっと待って。僕が学校を休んだのは、事故に遭う未来を予知したからだよね？　それで事故に遭わなくても、やっぱり予知は外れたことになるの？」

「なるだろうね、当然。未来は過去によって決まる。君が未来で事故に遭うのならば、原因は過去に存在する。そして、その過去には、君が『事故に遭う』という未来を予知した、という過去も含まれなくてはならない」

「事故に遭うなんて予知したら、外に出るわけないじゃないか……」

「わからんよ？　何かのっぴきならない事情が発生して、外に出ることになるのかもしれないじゃないか。私が言いたいのは、そういうことではないんだ」

「それは、つまり？」

「予知した未来は絶対に変えられない」

強い口調でソラは断言した。

「予知できる未来は、未来予知をしたという過去によって成り立っている。予知した時点で未来は確定してしまうんだよ。もし、予知した未来を変えることが出来たとしたなら、それは未来予知が完璧でなかったか、もしくは予知した次の瞬間に未来が変わっているかだ。どちらにせよ、不完全だ」

僕は黙って、ソラの言っていることを理解しようと努めた。

「えっと……つまり、僕が『事故に遭う』っていう未来を予知して、その未来予知が完璧なら、僕は何をしても事故には遭うってこと？」

「そうなるね。というか、そうならなくてはいけない。結果的に君が事故に遭わなかったら、未来予知は外れたことになってしまうのだから、完璧とは言えなくなる」

「予知した次の瞬間に未来が変わっている……ってのは？」

「事故に遭うことを予知したら、君はすぐにでも、明日は家から一歩も出ないぞ、と決意するだろう？　それでも事故に遭わなければ、未来を予知したことによって、予め知ったはずの未来が変化したということになる」

「そんな未来予知は――」

「――そう。完璧じゃない」

ソラの瞳が鋭く光る。理知の光だ。

「結論を言うと完璧な未来予知によって知った未来は絶対に変えられない。どんな不幸な出来事も、どうやったって避けられない。それを避けられてしまう未来予知は、そもそも未来予知じゃない。予知した出来事が起きていないのだからね。だからこそ私は言ったのさ。未来予知に意味はない、って」

自信に満ち溢れた表情で言い切るソラに、僕は羨望を抱いた。

どうして、こんな風に理路整然と自分の考えを言葉にできるのだろう。まるで、普段から未来予知について考察していたみたいだ。……いや、もしかしなくても、普段から考えているのかもしれない。ソラなら、おかしくない。

「未来予知というのは、ＳＦに限らず色んなジャンルの物語で取り扱われているね。そういった話の中では、この矛盾を解消するのに様々な説明が成されている。一番多いのはパラレル・ワールドの概念かな」

「パラレル・ワールド？」

「うん。要するに、自分が予知した未来は、よく似ているけれど別の世界の未来だった、という考え方だね。または、未来予知した瞬間に、予知したとおりのことが起きる世界と、起きない世界とに分岐する、というパターンもあるな。どちらにせよ、未来予知を完璧にしたまま未来を変えることができる。まあ、若干、強引だけどさ。時間移動によって生じる矛盾、いわゆるタイム・パラドックスの説明にもパラレル・ワールドの概念が用いられることがあって、この場合は——」

「待った！　話が逸れてるよ」

「——む？　ああ、すまん」

横道に逸れそうになった会話を軌道修正。ソラの話は面白いし興味深いけれど、今はそれより気になることがある。

「未来予知に意味がない、ってことはわかったよ。でも、それなら——」

僕はソラが手に持っているカードを指差した。

「そのカードに浮かぶ予知は、なんなの？」

ソラの理屈が正しいなら、カードに浮かぶ未来予知もまた、完璧でないことになる。何故なら、僕は何度もカードの予知した未来を変えているから。

ソラはカードの裏面を眺めながら、言う。

「もし、このカードの予知が『明日に起こる現象』だけなら、不完全な未来予知だとは言えない。例えば、明日の午後は雨が降る、という予知。これは、予知したところで避けることのできない、変えようと思っても変えられない予知だ。しかし——」

ソラは中庭の桜に視線を移した。

「昨夜は、君が怪我をする、という予知だったんだよな？」

「うん。だから、教室で食べろって」

「だから、君は怪我をしなかった。予知した未来が変わっている」

「ってことは、このカードの未来予知は完璧じゃない？」

ゆっくりと、ソラは視線をカードに戻す。そして、裏返して、今は何も浮かんでいない表面を見つめ、言った。

「……わからん」

目を伏せて首を横に振り、ソラは僕にカードを返した。

「でも、未来を変えられてしまう未来予知は、完璧じゃないって……」

「そのとおりだよ。だが、このカードには、不幸な未来を変える手段も、同時に浮かび上がるんだろう？　それが、矛盾なんだ」

「矛盾？」

「未来予知は完璧じゃないのに、それを避ける手段は完璧。教室で昼食を取れば怪我はせず、いつもより早い時間のバスに乗れば事故に巻き込まれない。不幸な未来を変えたければコレをしろ、という警告も未来予知の一部とするなら、このカードの未来予知は完璧と言えるかもしれないんだが……」

ソラの話を聞きながら、僕は受け取ったカードを見つめる。

大切なカードだ。僕の平穏を守ってくれるカード。

そう思っていたけれど、ソラの「わからん」という言葉に、完璧じゃないかもしれないという疑いも生じて、心の隅に不安の影が落ちるのを感じた。

「カードの信憑性《しんぴょう》を論ずるには、やはり情報が足りないな……。せめて、君の夢に出てきたという、マキちゃんとやらに会えればいいのだが」

「ソラは、カードをくれたのはマキちゃんだって思うの？」

「それを確かめるためにも会ってみたい、と言うのだよ」

少しイラついた口調。わからないことを放置するのが嫌なんだろう。

「ところで……そのマキちゃんというのはどんな女なんだ？」

「さっきも話したけど、変な子だよ。何を考えてるのかも、サッパリ」

ある意味で、未来予知のカードなんかよりずっと不思議な子だ。ソラとは別のベクトルで、常識から外れている。

まあ、夢なら当然とも言えるけれど。

「そうじゃない」

「え？」

「性格ではなく、外見のことを訊いているんだ」

何故か半眼でジロッと睨まれ、僕は少し怯《ひる》んだ。

「なんでも、赤だかピンクだか、髪がトンチキな色をしているらしいじゃないか」

「トンチキって……まあ、髪の色は変わってるけど、他は普通、かな。服装が変だったのを覚えてるくらい。なんでかストッキングが破れてたりして」

「ふぅん……で、胸は？」

「は？」

「胸だよ、胸。大きかったのか？　小さかったのか？」

「いや、そんな、ジロジロ観察してたわけじゃないし……あ、でも、胸元の開いた服を着てたから、そんなに小さかったわけでもない、のかな?」

どうしてそんなことを訊くのだろう、と思いながらも答えると、ソラは十秒ほど押し黙り、自分の胸の辺りを撫でるような仕草をしたあと、深く溜め息を吐いて、

「まあいい」

と、何がいいのかわからないが、そう言った。

僕はカードに視線を戻す。

「……ねえ、ソラ」

「ん?」

「僕、このカードを使い続けてもいいのかな?」

完璧ではないかもしれない未来予知。それ以外にも、不安なことはある。

「代償があるって言ったんだ。マキちゃんは」

あの夢は現実だったんじゃないかと、今は思う。未来予知のカードがあるなら、世界が急にモノクロになって、自分の部屋に知らない女の子が突如として現れる、なんてこともあるのかもしれない。

「どんな代償だと言っていた?」

「詳しくは、何も」

僕は首を横に振った。

「カードを使うようになってからも、特に何も起きてないし、本当に代償なんてあるのかなって思うけど……」

カードを手に入れてから、もう三週間近くが経つ。その間に起きた嫌な出来事なんて、精々、

椛が風邪を引いたことくらいだ。それだって、二日も休んだら回復した。

だからかもしれない。僕は代償のことなんて、ほとんど忘れかけていた。

それが、ソラの話を聞くことで生じた不安によって、思い出された。

もしかしたら、僕はとんでもない間違いを犯しているんじゃないだろうか。代償だって、ただ気づいていないだけかもしれない。それとも、あとで一気に返済を求められる可能性だってある。

今が平穏な分、避けた不幸がツケとなって溜まり、降りかかるのではないかと。

「……ナツヒコ」

カードを見ながら俯いていた僕の手を、ソラの両手が包んだ。

顔を上げる。世界で一番大切な人が、目の前で微笑んでいた。

「君は今、幸せか？」

「うん」

僕はすぐに頷いた。

「そうか。ならばいいんだ。私は君の幸せこそを願っている。幸せな君と一緒にいることが、私にとっての幸せだからね」

それは、僕だって同じだ。

もしも今、マキちゃんが現れて「願いごとは？」と問われれば、即座に「ソラとずっと一緒にいること」と答えるだろう。

「君が幸せにすごすのに必要なら、カードを使え」

「いいの、かな」

「ああ。ただし、警戒は怠らないようにすることだ。不安ではなく、警戒だ。不安は君を怯えさせ、怯えは視野を狭くする。だから、警戒すること。常に広い視野を持って観察し、ちょっとでも変化があれば、そのときはカードを捨てればいい」

「そんなこと、できるかな」

「できるよ。私も警戒するからね。君の隣で、いつも君を見ている。安心していいよ。私が君の変化を見落とすことなど、決してありえないから」

ニッ、と笑う。口の端を器用に持ち上げる、ソラ独特の笑みだ。

「……うん。ありがとう、ソラ」

カードの力は、やっぱり必要だ。

僕だけじゃなく、ソラとの日常を守るためにも。

「なあに、礼を言いたいのは私のほうさ。役得があるじゃないか。大好きな君を四六時中眺めていられるという役得がさ」

「ま、また、そういうことを言う……」

顔がボンっと音を立てて赤くなる。

告白の日から、ソラは積極的になっていて、僕はまだそれに慣れてない。

「さて、お喋りに興じていたら時間が経ってしまったな。部室へ急ごう」

「うん」

僕らは手を繋いで、廊下を歩き出した。

「あ、そうだ。ナツヒコは、明後日の日曜日、空いているかい？」

「明後日？　別に何も用事ないけど？」

「では、二人で少し出かけないか？　都心のほうで『世界おもちゃ博』というのが催《もよお》されていてね。そこに、前に話した、私の懇意にしているボードゲームメーカーの最新作が展示されるらしいんだ」

「それを見に行くんだね。いいよ」

「そうか。……うん、では、明後日は、デート、だな」

「う、うん。そう、だね」

ソラが顔を赤くするから、僕も恥ずかしくなって、顔を背けてしまう。

とくん、とくん。心臓の鼓動。壊れそうなくらい高鳴ることはなくなったけど、ソラと恋人同士になってから、ずっとハイテンポでリズムを刻んでいる。

これはきっと、幸せの音色だ。

◆

土曜日の夜。僕は明日のデートの準備をしていた。

自然と、顔がにやけてしまう。椛には、ずっと気持ち悪い生物を見るような目で見られていたがそんなことは気にならない。

明日、ソラはどんな服装で待ち合わせ場所に来るのだろう？

前みたいに飛びっきりのオシャレをしてきて、輝いて見えたりするのだろうか？

学校からの帰りに、一緒に書店へ立ち寄ったりすることはあったけれど、丸一日を費やしてデートするのは、告白の日以来だった。

入浴を済まして、部屋の真ん中に布団を敷き、枕元には明日着ていく服を畳んでおく。その横には目覚まし時計。念のためアラームをセットした携帯電話も用意。遅刻は絶対に駄目。マナーとかそれ以前の問題で、ソラと一緒にいられる時間が減ってしまうから。

「……あ、しまった！」

パジャマに着替えて布団に入ろうとしたところで、大変なことに気づく。

カードをめくっていなかった。

これを忘れてしまっては一大事だ。時刻は十一時を回っているから、明日起こる最も不幸な出来事と、それを避ける手段がしっかり浮かんでいるはず。ちゃんと見ておかないと、ソラとすごす特別な一日が台無しになってしまうかもしれない。

机の上に置かれていたカードを、僕はめくる。

そこには、こう書かれていた。

『明日、電車に轢かれて死ぬ。デートに行ってはいけない』

幸せな気分は、消し飛んだ。最初から幻だったみたいに。

「死ぬ……？」

世界が暗黒に包まれたように感じた。

ぐらり。目眩。暗くなった世界が歪む。カードを落としそうになる。

——死ぬ。轢かれて。電車に。僕が。死ぬ。

突きつけられる、死の未来予知。蘇るのは、死の情景。赤い。両親の。死。

「……く、ぅ……うっ……」

口を押さえる。胃がひっくり返ったような感触。吐き気。

忌《い》まわしいフラッシュバックに襲われる。あれは寒い日だった。僕も両親も手袋をしていた。

赤い色。赤い血。赤い車。今日も同じように寒い。明日もきっと同じように寒い。だから死ぬ。

同じように死ぬ。両親と同じように僕が死ぬ。

死ぬ。死んでしまう。電車に轢かれるって、どんな感じ？　きっとバラバラになって死ぬ。

砕かれて死ぬ。血を撒《ま》き散らして。辺りを真っ赤に染めて。死ぬ。

「う……があっ！」

僕は額を畳に叩きつけた。

妄想は出て行け。死んだりしない。未来は変えられる。

大丈夫。カードに従えば、死んだりしない。落ち着け。落ち着け。

「落ち着け……！」

何度も何度も、念仏のように繰り返す。

次第に吐き気が治まってくる。赤い記憶が遠のいていく。

口を押さえていた手を退けて、深く息を吸う。そして、大きく吐く。

目を瞑《つむ》る。暗闇。蛍光灯が発する微かな音。静かだ。

目を開く。僕の部屋だ。いつもと変わらない。赤い色は、どこにもない。

「はーっ……………」

大きくもう一度息を吐いた。酷く疲れた。室内は寒いのに、汗だくになっていた。

できたのだろうか。トラウマの克服。わからないが、抵抗すらできなかったときよりは、ずっとマシか。

僕はもう一度、カードを見た。

『明日、電車に轢かれて死ぬ。デートに行ってはいけない』

今度は平気だった。何も連想させられなかった。

書かれているのは、明日起こる最も不幸な出来事と、それを避ける方法。

「デートに、行くな？　……そんなの」

絶対に嫌だ。

ソラと二人で出かける、たったそれだけで、こんなに幸せな気分になれるのに。

ふざけるな。僕に、幸せになるなって言うのか。

でも――。

「死ぬのは、もっと、嫌だ……！」

恐ろしいことだ。何よりも怖いことなんだ、死ぬっていうのは。

僕はそれを、七年前に思い知らされた。事切れた両親の姿に自分を重ねる。それだけでもう、震えが止まらない。また、吐き気が込み上げてくる。

這うように移動して、震える手で、枕元の携帯電話を取った。

『……はい、もしもし。ナツヒコか？　どうした？』

ソラの声。心なしか、弾んでいる。途端に、猛烈な罪悪感が湧き起こった。

「……ソラ」

伝えなくちゃいけない。明日、デートには行けないって。死ぬのが怖いから、行けないんだって。

『なんだ？』

「ごめん……明日のデート、行けなくなった……」

沈黙。返事はない。僕の声は掠《かす》れて震えていた。ちゃんと伝わっただろうか。

『理由を、訊いてもいいか？』

ソラの声は平坦だった。怒気もない、悲しみもない。

だけど、その平坦さは感情を抑えているが故だと、僕にはわかった。

「カードの、予知なんだ……デートに、行くなって……だから……ごめん……」

また沈黙。永遠にも感じる数秒。

『そうか。わかった』

「ごめん……本当に、ごめん……」

『気にするなよ。よっぽどの不幸が浮き上がったのだろう？　君の声を聞けばそれくらいはわかるさ。それに、あのカードを使えと言ったのは、私だしな』

デートに行きたかった。他の何を犠牲にしてでも。

それはきっとソラも同じはず。だから、僕は謝り続けるしかない。

『そんなに謝るな。また何か、別のことで埋め合わせしてくれればいい』

「うん。絶対、そうする。なんでもするから……そ、そうだ。次の日曜日に、また二人で遊園地に行こうよ」

『それもいいね。だが……私としては、もっと早く埋め合わせてもらいたいな』

「もっと、早く？」

『うん。明後日……月曜日の夜、私の家に泊まりに来ないか？』

「泊まりに？　別に、いいけど」

その程度で埋め合わせになるのだろうか。僕は過去に何度もソラの家に泊まったことがある。今さら特別なことではない。

『実はね、その……月曜の夜は、両親が揃って不在になる予定なんだ』

「えっ」

『だから、二人きりで、夜をすごすことに、なるな』

ソラの声は、微かに震えていた。緊張、している。

そしてそれは、彼女の言葉の意味を理解した、僕も同じ。

「あの、えと、それって、その、ソラ……二人きりって」

『う、うん。そういう意味に取ってくれても、構わない』

この瞬間、全部が消えた。

カードに頼ることの不安とか、さっきまで感じていた死の恐怖とか、僕の中から、ありとあらゆる負が消えた。

そして、猛烈に恥ずかしくなる。二重の意味で恥ずかしい。

こんなことを、ソラに、女の子のほうに言わせてしまうなんて。僕だって恥ずかしいけど、ソラはもっと恥ずかしいはずだ。情けない。僕はこれでも男か？

でも、でも、恥ずかしさより、情けなさより、今は喜びが大きい。大きすぎて抱えきれない。体から、溢れてしまう。表情になって、体の火照りになって、外に聞こえてしまいそうな激しい鼓動になって、喜びが、溢れてしまう。

『ど、どうかな？　泊まりに、来てくれるか？』

「もっ！　もち、もちろん、勿論！　ぜ、絶対に行く！　何があっても！」

『そ、そうか。うん。では、また月曜に学校でな。おやすみ』

ソラは急に早口になって、話を終わらせようとする。

「あ、待って！　明日のこと、本当にゴメン！　それと、月曜日、楽しみにしてるから！　ホントに、すごく、楽しみだから！」

『あ、ああ。それは、何より。えっと……私も、楽しみにしている』

ポソリ、と囁《ささや》くようにつけ足して、ソラは電話を切った。

僕はゆっくりと携帯電話を置き、胸に手を当てた。

「はあぁーっ………」

緊張が解け、勝手に溜め息となって漏れた。

手の平に鼓動を感じる。同時に熱さも。

「そういう意味って、そういう意味……だよね？」

口元がヒクつくのがわかった。意志に反して、にやけた表情を作ろうとしている。

二日後。月曜日。その夜。二人きり。そして、そういう意味。

「……う、うぅぅーっ！」

堪えきれなくなって、僕は布団の中に潜り込んだ。

悶絶。毛布と羽毛布団を巻き込みながら、ゴロゴロと転がる。

恥ずかしい！　すごく恥ずかしい！　それに緊張する！　大丈夫なのか!?　僕は、そういうことがちゃんとできるのか!?

「そういうことって……そういう、ことって……うわあっ！」

頭の中を、色んな知識や、色んな絵が、乱舞する。

クラスメイトの男子がしていた、そういう話を思い出す。

想像を絶する緊張。事実、どんな緊張が待ち受けているのか想像できない。

「でもっ、でもっ……！」

嬉しい！　嬉しすぎる！

しかも、ソラのほうから言ってくれた。言わせてしまったという情けなさはあるけれど、ソラも求めてくれているということが、これ以上なく嬉しい。

告白されて、恋人同士になって、だから妄想したことはある。そういうことになるんだろうか、と。そういうことになったとき、どんな気持ちになるのか、と。今感じている喜びは、そんな妄想を遥かに凌駕していた。

「うわー、うわー、うわー、うわーっ！」

恥ずかしさに、嬉しさに、緊張に。

僕はその夜、物音を聞きつけて二階に上がってきたお祖父さんに怒鳴られるまで、ずっとゴロゴロ転がっていたのだった。

◆

翌、日曜日の朝。

曇天《どんてん》を見上げながら、傘を持ってくるべきだったかと、少し後悔した。

でも、今さら家に戻るのも面倒くさい。昨夜、興奮状態に陥《おちい》ってほとんど寝つけなかった僕は現在、空前絶後の寝不足だ。家に戻ったら、そのまま出かける気力を失って二度寝してしまうかもしれない。

最寄りのバス停で列に並び、欠伸《あくび》を噛み殺しつつ図書館方面行きのバスを待つ。

「ソラ、どうしてるかな……」

気力の無い呟きとともに、海のように深い溜め息が漏れた。

今頃、ソラは家にいるのだろうか。それとも、一人で『世界おもちゃ博』に向かったのだろうか。それをメールなどで確かめる勇気は、ない。

胸を支配するのは、罪悪感。そして、無念さと、寂しさ。

僕が図書館に向かっているのは、一人静かにそれを噛みしめるためだ。ソラとの約束を一方的に断っておいて、楽しい休日をすごす気分になどなれない。今日は丸一日、図書館で勉強に励むことに決めたのである。

「はあぁー…………」

だが、決意はしても、溜め息は出る。

きっと、楽しかっただろうに。ソラと一緒に、華やかな博覧会の会場を、世界中のオモチャを眺めながら巡るのは。想像の中に描かれるソラはキラキラと輝いていて、人々の視線を釘付けにするけれど、そんな彼女は僕のことを見つめているのだ。

しかし、そんな想像――妄想が現実になることは、もうない。

「はぁ……」

また、溜め息。今日は溜め息ばかりで憂鬱の日曜日になりそうだ。

と、思っていると、頭の隅っこから「月曜日」という単語が走ってきて、

「……ふへへ」

僕の口元をニマニマと歪ませる。

すると、隣に立っていた年配の女性に気味悪そうな目で見られ、僕は慌てて口元を手で隠した。けれど、その手の下で、どうしても変な笑顔が浮かんでしまう。

デートできなかったのは凄く残念だけど、今日で終わりというわけじゃないんだ。

僕とソラの、平穏で幸せな日々は、まだ続く。続かせるために、僕はデートをキャンセルするという選択をした。僕に平穏をくれるカードに従って。

ソラがいれば、そしてカードがあれば、僕の幸せが消えてしまうことはない。

やがて、定刻より少し早く、図書館方面行きのバスが来た。

僕は笑顔を手で隠しながら、それに乗り込んだ。

◆

夕方になって図書館を出ると、外は土砂降りの雨だった。

「まいったなぁ……」

地面を雨の雫が跳ね回っている。相当な勢いがあるから、多分、俄雨だ。

すぐにやむかもしれないけれど、僕は今、一刻も早く家に帰りたい。

図書館で勉強している間、頭に浮かぶのは数式や化学式ではなく、ソラのことばかりだった。まるで集中できず、途中から読書に切り替えても、ソラの笑顔と、そして月曜日という単語が脳裏を乱舞し、なんの本を読んだのか覚えてさえいない。

早く家に帰って、ソラに電話して、ゆっくり話をしたい。もし、ソラに時間があるようなら、一目でいいから顔を見たい。

「よしっ！　行こう！」

欲求に抗《あらが》いきれず、僕は土砂降りの中へ飛び出した。

雨粒は大きく、打たれる体が痛いほどだ。言っても途中はバスで移動するのだから、それほど濡れまいと思っていたが、家に帰り着いた頃には、どこかの池にでも飛び込んだのかと思われそうなくらい、全身ずぶ濡れになっていた。

「ただいま～」

家の中は静まりかえっていた。

祖父母は自治会の会合で不在、椛も友達と遊びに行くと言っていたが、まだ帰っていないのだろうか。玄関の鍵は閉まっていた。椛には、家に一人でいるときは、戸締まりをしっかりしておくようにと言ってある。

雨で体が冷え切り、今すぐにでもお風呂に飛び込みたいところだが、まずは体を拭こうと考え、二階の自室へ向かう。

廊下を歩き、居間の前を通ったとき、椛の姿に気づいた。

「あれ？　椛、いたのか？」

椛は明かりも点《つ》けず、居間の机に突っ伏している。返事がないのを訝《いぶか》り、居間に入ると、僕は気づいた。

「……ひっく……うくっ……」

椛は泣いていた。

滅多に感情を表に出さない椛が、声を上げて、泣いていた。

「椛？　どうしたんだ？」

驚いて、声をかけながら肩に触れる。椛の肩は震えていた。

椛は顔を上げて僕を見た。真っ赤になった両目から、玉のような涙が止めどなく流れている。

この子がこんなに泣くなんて、ただ事じゃない。

「何かあったのか？　体のどこかが痛いとか……」

「おにい、ちゃん……うっく……ひうっ……」

どれだけの時間、嗚咽《おえつ》していたのだろうか。椛の声は掠れていた。

「ソラちゃん……えぐっ……ソラ、ちゃんが……」

繰り返す。椛は譫言《うわごと》のように、姉妹のように仲が良かった少女の名を。

背筋を冷たいものが伝った。雨の雫ではない。もっと冷たく、嫌なものだ。

「ソラが、どうしたんだ？　何が、あった？」

思わず、椛の肩を強く揺する。ソラの名に、僕は冷静さを失っていた。

椛は僕の問いに答えず、ただ、イヤイヤをするように首を振る。現実を、辛い現実を受け止めたくないと訴えるかのように。

心臓が早鐘のように鳴る。幸せな音色とは正反対の、警告を告げるシグナル。

呼吸が浅く速くなるのを感じながら、僕は携帯電話でソラに電話をかけた。

永遠のように長く感じる三コールのあと、

『――もしもし？』

通話口から聞こえてきた声に、僕は凍りついた。

それはソラの声ではなかった。どころか女性の声ですらない。大人の男性の声。

『もしもし？　聞こえていますか？』

「……誰だ。お前」

自分でも驚くほど、攻撃的な声が出た。

『ああ、失礼しました。私は八扇警察署の者で、三上といいます』

「警察……？　なんで、ソラの携帯に警察が」

『ご説明の前に、申し訳ありませんが、貴方と伏見ソラさんのご関係について、お伺いしてもよろしいでしょうか？』

三上と名乗る男の声は、静かで落ち着きがあり、とても丁寧な口調だった。

その声に、僕は少し冷静さを取り戻し、三上の問いに「幼馴染みです」と言いかけたのを訂正し、はっきりとした声で、答えた。

「僕は、ソラの恋人です」

息を呑む気配が、電話口から伝わってきた。

三上は「そうですか」と答え、覚悟を決めるような間を置いて、告げる。

『実は、伏見ソラさんが事故に遭われまして――』

――ああ、やっぱり。

僕の中にいる、意地の悪い誰かがそう呟くのを、聞いた気がした。

椛は、ちゃんと鍵をかけただろうか。

◆

そんなことを考えていたのは、きっと現実から逃げたかったからだ。

電話を切ったあと、僕は鞄から財布だけを持って家を飛び出し、近くの大通りでタクシーを拾い、八扇警察署へと向かった。

警察署に着くと、三上が電話で言っていたとおり、入口の近くで婦警が僕を待っていた。彼女は、ずぶ濡れの僕の格好に驚きの表情を浮かべたあと、

「こちらです」

と、低い声で言って、僕を案内した。

他の何も目に入らない。僕は先を行く婦警の背中だけを見て歩く。エレベーターの前で立ち止まった。扉の横には二つのボタン。婦警は下に行くためのボタンを押した。

変だな、と思った。どうして、下に行く?

ソラが事故に遭ったと聞いた。ソラは怪我をしているんじゃないのか? だったら、早く病院へ行かないと。警察署の地下に病院なんてあるわけないのに。警察署の地下にあるのは、確か……なんだっけ?

「どうぞ」

扉が開き、促されるまま、婦警に続いてエレベーターに乗り込む。

警察署の地下は、やけに薄暗く、肌寒かった。鼻をつくのは、強い薬品臭。まるで、何か別のにおいを誤魔化そうとしているような、強いにおい。

エレベーターの前から続く廊下を歩いて行くと、廊下に置かれた長いベンチに、二人の男女が身を寄せ合って座っていた。チカチカ、チカチカ、二人を照らす蛍光灯が、切れかけているのか、光が瞬《またた》く。

僕に気づいた男女が、顔を上げた。その男女は、ソラの両親だった。

二人とも仕事場から駆けつけたという格好で、父親は憔悴《しょうすい》しきっており、母親は彼に縋るような体勢で、目に涙を浮かべていた。

数秒の見つめ合い。僕が口を開こうとしたとき、ベンチの反対側にある扉が開いて、白衣の男性と、スーツを着た男性が出てきた。スーツの男性は見覚えのある鞄を持っていた。

ビニール袋に入れられたその鞄は、ソラが使っていた鞄だった。

スーツの男性は、その鞄をソラの両親に見せ「お嬢さんの持ち物に間違いありませんか？」と訊く。それから、別のビニール袋も見せた。そこには、ソラの財布や、生徒手帳など、鞄の中身が入っていた。

ソラの母親が、鞄を抱きかかえて泣き崩れる。父親は妻を支えながら「娘に会わせてください」と訴える。

今度は白衣の男性のほうが何かに耐えるような顔をしながら、言った。

「伏見ソラさんは電車に轢かれ、車両の下部に体を巻き込まれました。そのため、ご遺体の損壊が激しく……」

母親の泣き叫ぶ声が、男性の声を掻き消す。

いつしか父親も、声を押し殺して泣いていた。

僕は、二人の嗚咽が響く廊下に立ちすくみ、ただ呆然としていた。

何もわからなかった。何もわかりたくなかった。
ただ、とにかく、無性に、ソラに会いたくなった。
どこに行けば会えるかな。もう月曜日まで待っていられないんだ。
会いたいよ、ソラ……。
現実を拒む意識の奥底で、僕は確かに理解していた。
ようやく取り戻せたと思った平穏が、また死んでしまったのだと。

幕間【ぼくらの報復政策】

彼の人格について思いを巡らすことが多くなった。

道具として報復を実行しながら、何故か私は、彼の人格を掴もうと思考している。

その思考に意味はないと理解しているのに。


ある日、彼は私を、学校という場所に連れて行った。

善行を為した人間によい報いを与えられるかどうか試すためだった。

念のためにと制服を着せられ、誰かに存在を気づかれる確率を消した上で、私は彼の傍らで、様々な人間と関わる彼を眺めていた。

普段とはまるで異なる彼を見る。

明るく、表情豊かで、時折冗談も口にするが、相談事には真剣に応じ、誰に対しても優しさと思い遣りを持って接している。私の知る彼とは、まったくの別人だ。多重人格者ではという疑いも、そう的外れでなかったのではないか、と思えるほどに。

これがおそらく、彼の言う「誰もに好かれる人格」なのだろう。

だが、隣で観察するうち、彼が時折、本来の自分を垣間見せる瞬間に気づいた。

それは、男のような口調で喋る少女と会話しているとき。

彼は、その少女の前でだけ、抑えきれなくなったかのように、私の知る、冷徹に全てを見下す人格を、ほんの一瞬、表出させていた。

役目を終えて、帰る途中、私は彼にその理由を問うた。

「彼女は唯一、俺が同格だと認める人間だからな。たまに、油断してしまう」

いつもなら、私の質問など無視するか、面倒くさそうに答える彼が、このときは、はにかむように笑いながら言った。

彼が同格と認める人間。

それはつまり、彼女もまた、彼と同じ優れた能力を持ち、世界に報復する権利を有する特別な存在だと、彼が規定しているということか。

彼は私に、彼女が如何に優れていて、自分との共通項が多いかを語った。

嬉しそうに、楽しそうに、まるで自慢するかのように、誇らしげに。

しかし、私には、彼が言うほど彼女が優秀だとは思えなかった。加えて、彼と共通する部分があるようにも、彼の話を聞く限りでは思えない。彼女は確かに凡人ではなさそうだが、彼とは違うのではないか。

「それはお前も下等な存在だからだ」

私に向かって唾を吐きかけるように、彼は言った。

「人間は、同格の相手としか理解し合えない。俺を理解できるのは彼女だけで、同時に、彼女を理解できるのも、俺だけだろう」

果たして、彼が見ているのは彼女の本質であろうか。

彼もまた、彼が見下す多くの劣等と同じように、妄想の中に創り上げた彼女を見て、独りよがりの夢に浸っているだけではないだろうか。

私は、その疑問を飲み込み、代わりに、こう問いかけた。

貴方は、彼女を愛しているのか？

「愛？　お前のような人に似ているだけのモノに、愛など理解できるのか？」

彼が私の質問に質問で返したのは、このときが初めてだった。

気分を害したようで、彼は侮蔑の視線を寄越すだけで問いに答えない。

私は、さらに問いかけた。

彼女だけが貴方を理解できるのなら、どうして彼女は貴方を見ようとしないのか。

彼は答えず、ただ、私を睨みつけて、

「……黙れ」

拗《す》ねた子供のように、顔を背けるだけだった。

彼もわかっているのだろう。彼女が彼を見ていないことに。

彼女の目に、彼は映っていない。彼女は、隣にいる少年だけを見ていた。

彼が意識している彼女は、その少年のことを愛しているのだろうか。

私には、わからない。

愛という言葉に人間が与えた意味は知っている。

だが、それを理解することはできない。理解する機能がない。

理解できないのは、理解する必要がないから。私の役目を果たす上で、愛を理解すること、理解しようと努めることは、おそらく意味がない。

私は人の願いを叶えるモノ。

ただ、それだけのモノ。


それなのに。

——貴方は、彼女を愛しているのか？

どうして私は、あんなことを言ったのだろう。
彼が彼女を愛していようといなかろうと、私には意味がないのに。
役目を果たすために、愛など、必要がないのに。
何故、私は。

第4章【答えに隠れた】

ソラは電車に轢かれて死んだ。

場所は北平川駅だった。

一人で行った『世界おもちゃ博』の帰り、北平川駅で各駅停車から快速に乗り換えようとしていた際に、ホームから線路の上に転落し、タイミング悪く進入してきた快速電車に轢かれた。

即死だったという。

ホームから落ちた原因は、はっきりとはわかっていない。事故当時、ホームはさほど混雑しておらず、足を滑らせるほど雨に濡れてもいなかった。誰かに突き飛ばされたように見えた、という目撃証言もあるらしい。

だが、僕にとってはどうでもいいことだった。

死んだ理由がわかって、なんになる。誰が殺したか知って、なんになる。

何をしようと、ソラはもう戻ってこない。

七年前と同じだ。ソラも、両親も、ただ消えてしまった。

僕の平穏とともに、消えてしまった。

◆

伏見ソラの告別式は、市内の斎場で営《いとな》まれた。

天井の高いホール。整然と並べられた参列者の席。嗅ぎ慣れない焼香《しょうこう》のにおい。

祭壇で無数の花に囲まれているソラの遺影は、椛とツーショットで撮影した写真を切り抜いたもので、優しげな笑顔を浮かべている。

僕と椛、それと祖父母は、ソラの両親の厚意で遺族席に座っていた。それでも、用意されていた椅子は大分余っている。親族の数自体が少なく、交流のあった人たちは僅かなんだとソラの父親は語っていた。

僧侶の読経が響く中、一般会葬者の焼香が始まる。焼香の台に列を成しているのは、大半が栗原東高校の制服を着た生徒たちだ。

酷く現実味の薄い状況で、僕の脳裏を支配していたのは、悲しみでも怒りでもなく、未来予知のカードへの疑惑だった。

現実逃避だということは自分でもわかっている。けれど、考えずにはいられない。もしも真っ正面からソラの死を受け止めてしまったら、多分、僕は壊れる。

そうだ。それくらいに、僕にとってソラは大事だった。ソラを失うこと以上の不幸なんてありはしない。

なのに、どうしてカードはソラの死を予知してくれなかった？

自分が死ぬよりもソラが死ぬほうが辛い。そう確信できるのに、カードに浮かび上がったのは、僕の死の予知だった。そして、それを避ける方法が「デートに行かない」ことだったというのも、何かおかしい。電車に乗らない、とか、別の場所へ行く、でもよかったはずだ。

電車に轢かれて死ぬと予知された僕が死なずに、ソラが電車に轢かれて死んだ。

――これでは、まるで、ソラは僕の身代わりになったみたいじゃないか。

「……っ！」

一瞬思い浮かんだ恐ろしい想像を、頭を振って否定する。

直後、僕の隣の席で俯いていた椛が、急に立ち上がった。

「……………………」

「……椛？」

僕に答えず、椛は式の最中だというのに、無言でホールから出て行った。

腰を浮かせた祖父母を制し、他の参列者に頭を下げてから、僕は椛を追いかけてホールの外に出た。

斎場の裏手、庭園の隅に椛はいた。

そっと近づくと、彼女が泣いているのがわかった。

「椛……大丈夫か？」

「……ひぐっ……お、お兄ちゃんっ」

声をかけると、親を見つけた迷子の子供のように、僕に抱きついてきた。そのまま僕の胸に顔を埋めるようにして、泣きじゃくる。

椛にとってソラは実の姉のような存在だった。式の間中、ずっと涙を堪えていたのだろう。そんな必要ないのに。

「ごめっ、なさい……お兄ちゃん、のほうが……ひぅ……辛い、のに……」

「そんなことない。椛だって、泣いていいんだ」

泣きながら、僕のことを気遣ってくれるのか。本当に優しい子に育ってくれた。これもきっと、ソラのお陰だ。

僕は、子供ながらに気丈な妹の背を、精一杯の優しさを込めて撫でた。

◆

椛が落ち着くのを待って、二人で斎場の表に回ると、一般会葬者の列は、もう大半が焼香を済ませたようだった。

斎場前は少し開けた空間になっていて、そこに焼香を済ませた一般会葬者が散らばっている。その中に、僕は見知った人の顔を見つけた。

彼もまた僕に気づいたようで、手を振りながら近づいてきた。

「よっ、ナツヒコ。そっちは、妹さんか？」

アキトに、いつもの快活さはなく、ぎこちない笑顔を浮かべていた。

彼の目に同情の色がないことが、僕にとっては嬉しい。

「来てたんだ、アキト」

「当たり前だろ。……妹さん、確か椛ちゃんって言ったっけ？　はじめまして」

「……っ」

椛は初対面で警戒しているのか、僕の後ろにサッと隠れてしまった。

「ありゃ。嫌われちまったかな？」

苦笑するアキトは、それほど気にした様子でもない。

そのとき、彼の手に包帯が巻かれていることに気づいた。

「アキト。その手、どうしたの？」

「ん？　ああ、いや、ちょっとな。それより……」

アキトは僕に向き直り、心配そうに眉を顰《しか》めた。

「ナツヒコ、大丈夫か？　なんか顔が赤いぞ？」

「あ、うん。ちょっと風邪気味なんだ。でも、平気だから」

今朝方、体にダルさを覚え体温を測ったら、微熱があった。

多分、土砂降りの中を走った上に、ろくに体を拭かなかったせいだろう。

「あんまり無理すんなよ？」

「ありがとう。でも、そういうアキトだって、目の下、クマができてるよ？」

「まあ、な。流石にちっと堪えてるんだ」

アキトは溜め息を吐き、斎場のほうを見た。

「実感、湧かないんだよな。ほんの数日前にも話してた相手なんだ。それが、今日にはこんなことになっちまってる。明日学校に行ったら普通に会えるような気がして、でも、そうじゃないってわかってもいてさ……もうグチャグチャだよ。こんなに脆《もろ》かったんかなぁ自分……とか、考えちまって、昨夜は全然眠れなかった」

俯いたアキトの目に、涙が溜まっていた。

「悪い……みっともねぇな、俺」

梲だけじゃない。アキトだって悲しんでいる。ソラの両親も、僕の祖父母も、ソラと関わった多くの人たちが、悲しみと驚きに戸惑っている。

失われてはいけなかったんだ、ソラは。彼女が消えてしまったことで、世界が変わってしまう。それは、ごく小さい範囲ではあるけれど、世界の日常が壊れてしまって、それが修復されるには、とんでもない時間がかかる。

だからこそ、それを予知してくれなかったカードが、わからない。

「そろそろ、出棺の時間だな」

アキトが腕時計を見ながら言った。

「ナツヒコは、火葬にも立ち会うのか？」

「うん。本当は親族の人だけなんだけどね。ソラの両親が許可してくれて」

「そっか。じゃあ、伏見に……俺の分も言っといてくれ」

僕は頷き、何を、とは聞き返さなかった。

アキトに別れを告げ、僕は椛を連れて斎場に戻った。それから、ソラの両親と、数少ない親族に混じって、火葬に立ち会う。

ソラの遺体が収められた棺は、火葬されるまで一度も開かれることはなかった。

遺骨が骨壺に収められる。誰もが目に涙を浮かべ、椛は僕の背中にしがみついて、周りの人に聞こえないように、泣いている。

その中で、僕は自分の心が渇ききっているのを感じた。

骨と灰だけになったソラを見ても。それを収めた骨壺の小ささを知っても。

感情は揺れず、涙は出ない。

きっと、自分の中の大切な何かが、ソラと一緒に死んでしまったのだろう。

僕は、そう思った。

◆

翌日。

僕はいつもと変わらない時間に起き、いつもと同じように学校に行った。

お祖母さんは今日くらいは休んでもいいと言ってくれたけれど、ここで休んでしまえば余計に行きづらくなる。僕の学費は祖父母が出してくれているのだから、ちゃんと通わなければ申し訳が立たない、という気持ちもある。

だが、教室に入ったとき、僕は少し、休まなかったことを後悔した。

みんなが、僕を見ていた。可哀相な子供を見る目で、僕を見ていた。いつも気さくに挨拶を返してくれる前の席の男子は、僕が「おはよう」と言ったら、幽霊に出くわしたような表情を浮かべて、顔を逸らした。

きっと、僕にどう接していいかわからないのだろう。

その気持ちは理解できる。僕は、数日前にできた恋人を、十数年の付き合いの幼馴染みを、不幸な事故で失ったばかりの男なんだから。逆の立場なら、僕だってどんな顔をして声を掛ければいいか、わからないもの。

悪いことをした、と後悔する。

僕のせいで、教室は一気に暗くなってしまった。ひっそりと静まりかえってしまって、昨日の告別式を思い出させるほどだ。

やがて教室に入ってきた教師も、僕のほうを見て何かを言おうと口を開いたが、何も思いつかなかったのか、僕を無視してホームルームを始めた。

腫《は》れ物に触るように、どころか、触れもしない。

僕は、本当に幽霊になってしまったような気分になった。

　そんな中で、唯一、普段と変わらない態度で接してくれたのが、アキトだった。

「なぁ、ナツヒコ。放課後、どっか遊びに行かないか？」

　昼休み。僕らは教室で一緒に昼食を取っていた。

「いいけど。サッカー部の練習は？」

「休みだよ。試験休み。来週から期末だろ」

　踊るような仕草で喜びを露《あら》わにするアキト。そんなに練習イヤなのかな。

「八扇駅の向こう側にでっかいホームセンターあるだろ？　前に、俺の中学んときの友達が働いてるって話したとこ」

「ああ、確か、商品が勝手に消えたりするっていう」

「そう、そこ。まあ、最近は消えてないらしいけどな。でさ、そのホームセンターの隣にコーヒーショップがあるんだよ。友達にタダ券もらったから、そこでコーヒー飲んで、帰りにゲーセンでも寄ってかないか、って。どうだ？」

「ゲーセンかぁ……たまには、いいかな」

「よしっ、決まりな！」

　アキトの陽気な笑顔に、僕も釣られて笑った。


　放課後になって、僕とアキトは急いで帰り支度を整えた。

「そんじゃ行こうぜ、ナツヒコ」

「あ、うん。でも、ちょっと待って」

　勇んで教室から出て行こうとするアキトを呼び止める。

「どした？」

「えっと……今日は裏門から帰らない？」

「別に構わんけど……なんでまた？」

僕は、あれ、と言って教室の窓から正門のほうを指差した。

正門の周辺には、明らかに生徒でも教師でもない人の集団があった。大型のカメラを担いでいたり、長い棒の先につけたマイクを構えている人もいる。

「なんだありゃ？　なんかの取材か？」

「あの人たち、多分、僕を待っているんだと思う」

アキトは、僕の隣でキョトンとした。

「話したことなかったよね。僕の両親のこと……」

裏門に向かって校内を歩きながら、僕はアキトに七年前の事故のことを話した。

「目立つって言うか、話題性があるって言うか、そういう事故だったから、今でも僕の所に取材に来る人がいるんだ。裁判も続いてるし、また僕の……身近な人が事故に遭ったから、それで、だと思う」

ソラの事故が世間でどんな風に報じられているのか、僕は知らない。あれからテレビは観ていないし、新聞も読んでいない。今朝、お祖父さんが朝食後に新聞を読んでいなかったのは、もしかするとソラの記事が載っていたからかもしれないけど。

「気づかなかったかな。昨日も斎場の近くに何人かいたよ、マスコミ」

「いや……さっぱり気づかなかった」

アキトは難しい顔をして言い、明後日の方を向いて舌を打った。

「わっかんねぇ……。それで、なんでナツヒコのとこに来るんだ？　何を訊こうっていうんだよ？　傷口抉《えぐ》るだけじゃねぇか……」

「さあ、それは僕にも。両親に続いてだからさ、きっと『不幸を呼ぶ少年』とかいう感じで雑誌に載せたいんじゃないかな」

冗談めかして言うと、アキトは、

「……ナツヒコ！」

真剣な顔で、僕の両肩を掴んだ。

「俺は不幸になったりしない！」

「あ、アキト？」

「ちょっとでも嫌なことがあったら、すぐに言え。な？　俺はお前の力になりたい。お前を守りたいんだ。友達として。そうさせてくれ」

アキトは泣きそうな目をしていて、だけど笑顔で、そう言った。

「……ありがとう、アキト」

「礼なんかいらねぇよ。……まあ、その、なんだ、へへ。ちと恥ずかしいな」

頬を赤らめ、照れ臭そうに頭を掻く。

「んじゃ、急ごうぜ。早く出ないと裏門に回られるかもしれないしな」

「うん。そうだね」

僕らは少し駆け足になって、裏門を目指した。

アキトと友達でいられて、本当によかったと思う。

一人じゃないんだと、そう思えるから。

◆

僕は少し、油断していたのかもしれない。

昨日の夜、カードに浮かんだ予知は、正門の外でマスコミが待ち構えているから、裏門から帰ること、という内容だった。

だから、僕はそれに従い、アキトと一緒に裏門から出た。

しかし、カードが予知する出来事は、翌日に起こる最も不幸な出来事であり、それを避ければ他に不幸な出来事が起きないというわけでは、ない。

そのことを、ひとしきりゲームセンターで遊び、アキトと二人、ふざけ合いながら外に出たところで出くわした人物によって、思い知らされた。

「やあ。紫藤ナツヒコ君。元気そうじゃないか」

浅井次郎。

ヨレヨレのスーツに無精髭、どこかの出版社で雑誌の記者をしているという男が、ゲームセンターの前にある電信柱に凭りかかっていた。

「……待ち伏せ、してたんですか」

「そりゃ君、自意識過剰だよ。ただの偶然さ、ただの」

くくくっ、と嫌らしい笑みを浮かべ、だるそうな姿勢で浅井は言う。

どこか様子がおかしいと感じた。

「なんなんだ、アンタ」

僕の態度から察してくれたのだろう。アキトが僕を庇うようにして前に出る。

浅井は、アキトが目に入らないかのように、座った目で僕を睨んだ。

「聞いたよ、ナツヒコ君。恋人が死んだんだって？　ついてないねぇ、君も」

「なんだと、てめぇ！」

「アキト！　待って！　いいんだ！」

握り拳を振り上げたアキトを制止する。彼が僕の代わりに怒ってくれるのは嬉しいが、今はそれより、浅井のことが気になった。

僕は浅井次郎という男に対して好印象こそ抱いていなかったものの、記者として最低限の領分は弁《わきま》えている人物だと思っていた。この間は復讐心からか暴走しかけていたけれど、あくまで取材対象としてだろうが、僕を気遣っていたはずだ。

だからこそ、今目の前にしている浅井の態度に、違和感を覚えた。

「浅井さん。僕になんの用があるんです。まだ取材がしたいって言うんですか」

「偶然だって言ってるだろう？　それに、もう取材はしない」

浅井はにやつきながら僕らに一歩近づいた。途端、異臭が鼻をつく。

「くさっ!?　これ、酒の臭いかよ！」

アキトが叫んで鼻を押さえる。浅井の全身から漂ってくる強烈なアルコール臭に、僕も同じように鼻と口を手で覆った。

よく見ると、浅井の足元はフラついているし、スーツのポケットから、ウイスキーの小瓶が覗いている。ようやく日が暮れようというこの時間に、ここまで泥酔しているということは、日の高いうちから酒に溺れていたのだろうと容易に想像できた。

「なんだ？　あ？　飲んじゃ悪いか？」

体を斜めに傾けながら、ヘラヘラと笑う浅井の目には、もう記者としての鋭さも、復讐の光もなく、ただ泥のように濁った色だけが見えた。

「取材ってことは、アンタ、新聞か何かの記者なのか」

対し、強い口調で牽制するアキトの目には、敵意の光があった。

「残念。オレはもう、記者じゃないのさ。コイツの――」

言いながら、浅井はスーツのポケットから丸めた本を取り出し、

「――せいでなっ！」

忌《い》ま忌ましさを吐き出すように、思い切り地面に叩きつけた。

通行人が、騒ぎの気配に気づき、足を止めて僕らを見ていた。

「これ、は」

ソフトカバーの薄っぺらい本から、僕は目を離せなくなる。

表紙には、見覚えのある男の横顔と、そして。

大きく『あやまち』というタイトルが書かれていた。

「そうさ。悲劇の人気若手俳優、新藤射月の獄中記だよ」

狂気じみた笑いを混ぜて言う浅井の表情を、僕は見ない。

「新藤、射月って……ナツヒコの」

背に庇った僕を振り返るアキトの表情も、僕は見ない。

ただ、テレビでしか見たことのない、僕の両親を殺した男の横顔を、見続ける。

――もう、つきまとわないでくれ。

心底から、そう思う。

憎しみも、悲しみも、何も生じない。何も感じない。

だって、僕の心はすでに満杯だから。これ以上を抱え込むには、今持っている何かを代わりに捨てなきゃならなくなる。僕はもう、失いたくない。

消えてしまえばいい。憎しみも、悲しみも、全て……。

「ナツヒコ、しっかりしろ」

アキトの大きな手が、僕の腕を掴んだ。

顔を上げると、アキトの、僕の友達の笑顔があった。

――よかった。僕はまだ、一人じゃない。

失うことへの恐怖は、多分、大切なものが手元に残っていることの証明だ。

「思い出したよ。アンタ、浅井次郎っていうんだろ」

浅井のほうへ向き直ったアキトに、僕のことだけを睨むように見ていた浅井が、初めて視線を向けた。

「ちょっと前に、ネットのニュースで見たんだ。名前は忘れちまったけど、何かの人道的活動をしている団体の集会に乱入して、参加者を殴りつける騒ぎを起こした雑誌記者。それ、アンタのことじゃないのか」

「人道的活動？　笑わせてくれるね。殺人者を庇うのが人道的か！」

毅然とした態度のアキトに対し、叫ぶように言い返した浅井は、背中を丸め、顔を背け、どこまでも卑屈な人間に見えた。

「ヤツらはなぁ、殺人者の仲間なんだよ！　新藤射月というケダモノを世に放とうとしているんだ！」

前に浅井自身が話していたことを思い出す。

新藤射月のファンを中心とした団体が、新藤の減刑を求めて活動しているという話。浅井が乱入したというのは、その団体の集会だったのか。

「何が……減刑嘆願運動だ！　人を二人も殺しておいて、それを連中は過失だなんて言ってやがる！　誰にでもある、小さな〝あやまち〟だとな！　君らだって、ふざけた話だと思うだろうが、なあ！」

僕は耳を塞ぎたかった。浅井の言葉は、僕の言葉だ。浅井に同調する自分がいるのがわかる。浅井の叫びが、僕の奥底にいるソイツを刺激するのが、怖かった。

「殺人者の新藤を庇うというのなら、ヤツらも新藤の共犯だ！　オレは正しい！　オレは犯罪者を裁こうとしているだけだ！　なのに……会社はオレのクビを切って、世間は新藤の味方だ！　オレは犯罪者を……正しいことを……！」

「……犯罪者って意味なら、アンタだって同じになったんだぞ」

「黙れッ！」

ツバを飛ばしながら、浅井はアキトの指摘を否定する。感情にまかせて叫ぶあまり口の中を切ったのか、地面に付着したツバには血の赤が混じっていた。

「ナツヒコ君……君になら、わかるだろう？」

急激に落ち着きを取り戻し、浅井は猫なで声で言った。

浅井の目が、僕の目を射る。淀《よど》んだ目。憎しみに濁った瞳。

「新藤射月なんて悪人を許しておいちゃいけない。ヤツには相応しい報いを与えなくちゃあ。そうだろう？　君のご両親のためにも、オレの……娘のためにも」

浅井は笑っている。笑いながら手を伸ばす。僕は一歩、後ずさった。

――相応しい報い。そうだ。新藤射月に、報復を与えなくては。

僕は首を振る。恐ろしい考えを振り払う。

浅井の手を取ろうとしている自分がいる。復讐に身を任せようとする自分が。

それが、恐ろしい。

「……アンタ、いい加減にしろよ！」

アキトの鋭い恫喝《どうかつ》が、僕を我に返らせ、浅井を竦《すく》ませた。

「何があったのか知らないけど、ナツヒコを同類にしようとするのはやめろ！　ナツヒコとアンタは違うんだ！」

言い返そうと浅井が口を開くが、アキトはそれを許さない。

「ナツヒコは必死で戦ってんだよ！　悲しいことがあって、だけど今日もちゃんと学校に来て前に進もうと努力してる！　それに比べてアンタはなんだ！　正しいことをしてるって言い訳しながら、前進を諦めた自分を見ないようにしてるだけじゃねえか！」

「し……知った風なことを！」

狂ったように叫び、浅井はアキトに掴みかかろうとした。しかし、アキトはその手を払い、逆に浅井の襟首を掴んで、背後の電信柱に押しつける。

「はっきり言ってやるよ、オッサン。てめぇの復讐に、俺の友達を巻き込むな。でなきゃ……俺がアンタに与えるぜ？　相応しい報いってヤツを」

アキトは浅井に顔を近づけ、僕も初めて聞くような低い声で、言った。

「ぐっ……！　は、離せ！」

怯えと狼狽を浮かべた浅井は、アキトを振り払うと、呂律《ろれつ》の回らない口で散々に悪態を吐き、覚束《おぼつか》ない足取りで走り去った。

「ったく……子供に脅されたくらいでビビんなっての」

浅井の襟首を掴んでいた手をパンパンとはたきながら、アキトは呆れたように呟く。それから僕らのほうを眺めていた通行人たちに「すみませーん。なんでもないでーす」と笑顔を振りまいた。

僕は、周りを見る余裕などなく、その場に屈んで、浅井の残していった物を手に取った。『あやまち』と題された、両親を殺した男の本を。

「ナツヒコ、それは……」

心配そうな顔で言うアキトに、うん、と頷き、僕は本の表紙に目を落とす。

この新藤射月の写真は、いつ頃に撮られたものなのだろう。前にテレビで見た顔より大分痩せて見えるから、投獄されたあとに撮ったのか。

本は新刊のはずなのに、かなりくたびれていた。裏表紙は折れ曲がり、コーヒーか何かの黒いシミが、あちこちに付着している。この本を読みながら恨み言を吐き、怒りに任せて本を壁に投げつける浅井の姿が脳裏に浮かんだ。

「それ、読むのか?」

アキトの問いに、僕は首を横に振る。

ページをめくってみる気には、おそらく永遠になれないだろう。それは、憎むべき男の盗《ぬす》っ人猛々《とたけだけ》しい主張を知りたくない、という気持ちからではなかった。

これを読んだら、僕はきっと、浅井次郎の同類になってしまう。

自分が前に進めている実感などないけれど、浅井とは違う、と断言してくれたアキトの気持ちを裏切りたくはなかった。だから僕は、この本を読むことはない。

「読まないなら、俺にくれ」

「え？　アキトに？」

「ああ。俺が処分しとく。そこらに捨てるわけにはいかないからな。こんな本でも、一応は資源ゴミだからな。資源ゴミ、な」

ゴミ、という単語を強調し、アキトは僕の手から本を取り上げると、目もくれずに鞄の中へ押し込んでしまった。

「ありがとう。アキト」

もう何度目かもわからない感謝を口にする。

「なあに。最近じゃ、エコに関心のある男のほうがモテるらしいぜ？」

冗談めかして言いながら、アキトは鼻を掻く。照れ隠しをしているときによく見せる仕草だった。

――僕と浅井次郎の一番の違いは、そばにアキトのような友人がいるかどうかだ。

帰り道、アキトとじゃれ合って歩きながら、僕はそう確信した。

◆

僕の前に一枚のカードがある。

机の上に、不思議な模様の描かれた面を上にして置かれている。

未来予知のカード。僕に平穏をくれたカード。

でも、僕にとって一番の不幸である彼女の死を、予知してはくれなかったカード。

疑惑。不信。それを抱えながらも、僕はカードをめくる。

そして、そこに書かれた不幸を避けるための手段を実行する。

このカードの未来予知は、完璧なのだろうか。不幸を避ける手段に、間違いはないのだろうか。マキちゃんの言っていた、代償とは何か。

僕はそんなことばかりを考える。必死で、考えている。

目の前にあるカードだけを見つめることで、目の前から消えてしまった人のことを考えないようにするために。

朝、学校へ行く。八扇駅前でバスを降りる。無意識に駅前広場を見渡して、そこに誰かの姿を探している自分に気づく。どれだけ探しても、彼女はどこにもいないのだということを、思い出す。

僕は逃避している。現実を受け止めたくない。そんな重い現実は受け止められないから、カードのことだけを考えて、そこから逃げる。

なんだろう、これは?

まるで綱渡りのようなアンバランス。

カードの存在は、不安定な綱の上でバランスを保つための長い棒のようなもの。

この棒を落としてしまったら、次は自分が落ちてしまう。

そうなったら、もう二度と綱の上には戻れない。

だから僕は、疑いを抱いたまま、カードをめくり続ける。

◆

十一月が終わった。

師走《しわす》を迎え、寒さはより厳しさを増し、僕は押し入れから手袋を出した。

手を握って温めてくれる人は、もういないから。

ソラは、もう――。

カード。カードの予知は続いている。

ここ数日は、マスコミに関する不幸ばかりを予知している。お陰で、僕はまだ、不躾《ぶしつけ》なマスコミのマイクを向けられずに済んでいる。

学校では期末試験が始まったが、表だった不幸はなく、表面上は穏やかな日々が続いていた。

未来予知の代償と思われる出来事も、未だない。

ただ、教室でも、部室でも、周囲の人に距離を置かれているように感じる。みんな、僕に近づいたら不幸が伝染するとでも思っているかのように、遠巻きに僕を憐憫《れんびん》の視線で眺めるばかり。自分の居場所がなくなっていくような気がした。

そして、その日は唐突に訪れる。

難関である数学の試験が終わり、クラスのみんなが一息ついている、そんな休み時間のことだった。

僕の携帯電話が鳴る。お祖母さんからの電話だった。

「はい、もしもし。お祖母さん？　どうし……え？」

いつも温厚で、のんびりとした話し方をするお祖母さんが、珍しく焦ったような口調で告げた内容に、僕は大きな音を立てて椅子から立ち上がった。

「怪我!?　椛が!?」

椛が小学校で怪我をして、病院に運ばれた。

自分もついさっき連絡を受けたばかりだというお祖母さんに、詳しい事情を訊く。命に関わる怪我ではないことを、お祖母さんは何度も強調した。

お祖母さんは、すぐに病院へ行くと告げ、電話を切った。

搬送された病院の名前と場所を、広げてあった数学のノートにメモする。

突然のことに、頭が混乱する。考えがまとまらない。

――椛が怪我？　どうして？　僕は、どうすればいい？

「ナツヒコ、何かあったのか？　怪我とか言ってたが……」

いつの間にか近くにいたアキトが心配そうに言った。

僕は、そこでようやくクラス中の視線を集めていることに気づいた。

「どうしよう……椛が、怪我で病院に運ばれたって……」

アキトは一瞬目を見開き、すぐ真剣な表情になる。

「病院の場所はわかるのか？」

「え、う、うん」

「じゃあ、早く行ってやれ」

「で、でも……」

「でもじゃねぇよ。先生には俺が言っておくから。お前はお兄ちゃんだろ！」

アキトは僕の背中をパンと叩いた。混乱が吹き飛ぶ。

「タクシーのほうが早いだろうけど、金はあるか？」

「うん。それは大丈夫。……あの、ありがとう、アキト」

アキトは何も言わず、ただ笑顔で親指を上げて見せた。

僕は鞄を引っ掴み、そのまま教室を飛び出した。


僕が病院に着いたときには、椛の治療は終わっていた。

椛は学校の階段から転落し、一時的に意識が混濁していたため病院に運ばれたのだが、腕や足などに何箇所かの打撲を負っただけで済んだ。頭を打っていなかったのが不幸中の幸いでした、と医者は言った。

「よかった……大したことなくて……」

手足に包帯を巻いているものの、元気そうな椛の様子に、僕は胸を撫で下ろした。

そんな僕の態度に、椛はブスッと頬を膨らませた。

「……来るの、遅い」

「ご、ごめん。タクシーがなかなか捕まらなくて……」

僕の到着が遅れたことに、椛はご立腹のようだった。

以前の椛なら、こんな態度は取らなかったと思う。本心で、早く兄に来てほしい、と思っていても、そんな甘えを表に出すような態度は。

このところ、椛は、僕によく甘えるようになった。今まで間接的だったのが、直接的な愛情表現になった、という感じ。夜中に僕の部屋へ来て布団に潜り込んでくることもあった。

おそらく、ソラを失った悲しみを、どうにか埋めようとしているのだ。

「……兄、失格」

そう言いながら僕の服の裾をキュッと握り締める椛を、とても愛《いと》しく思った。

病院からの帰り、僕よりずっと早く病院に着いていた祖父母と、四人でレストランに立ち寄り、特別にチョコレートパフェを食べさせてもらった椛は、それだけで瞬く間に上機嫌になっていた。


楽しい家族団欒にあっても、僕はカードのことを考える。

何故、カードは椛の怪我を予知してくれなかった？

昨夜、カードに浮かび上がった未来予知は、マスコミがまた待ち伏せをしているから、いつもと違うルートで学校に行け、という内容だった。マスコミに囲まれることなんかより、椛の怪我のほうが僕にとってはずっと不幸なのに。

やっぱり、カードの未来予知は完璧ではないのか？

それとも、不幸を予知してくれているという認識が間違っているのか？

——わからない。

答えが出ないまま、それでも僕はカードをめくるのをやめられない。

翌日の休み時間、僕はアキトに椛の怪我のことを報告した。

「二週間くらいで治るんだって。痣《あざ》が残ったりすることもないみたい」

「そっか。よかったな、大事にならなくて」

アキトは教室の後ろのロッカーにもたれかかりながら言う。

「なんかいいよなぁ、妹って」

「アキトは一人っ子だっけ？」

「そ。小さい頃は、兄弟いるヤツが羨ましくってなぁ。……あ、そうだ」

何かを思い出したように、アキトは急に真面目な顔になった。

「ナツヒコって、ボードゲーム部に入ってたよな？」

「そうだけど？」

「じゃあ、あの話、聞いたか？　ボードゲーム部の部長の家が火事になったって」

「えっ!?」

初耳だった。

「そ、それっていつの話？」

「知らなかったのか？　部長本人も怪我したらしくて、一昨日だが、その前だかに、包帯を巻いて登校してきたって、サッカー部の先輩が言ってたんだ」

十二月に入ってから、僕は一度も部活に参加していなかった。

部室にはソラとの思い出が多くて、自然と足が遠のいてしまい、部員ともほとんど連絡を取っていない。

アキトから話を聞き、次の休み時間に僕は部長のクラスへ急いだ。

三年生の教室に見つけた部長は、話に聞いたとおり、頭や腕に包帯を巻いていて、僕が声をかけると、「おお、紫藤！　元気にしてたか？」と豪放磊落《ごうほうらいらく》に笑った。

いつもの部長と変わらない様子に安堵する。

話を聞くと、火事は隣家から燃え移ったもので、部長の家族などは避難していて無事だという。部長だけ怪我をしたのは、限定版のボードゲームを家から持ち出そうとしたせいで逃げ遅れたためらしい。部長らしい話だった。

今は親戚の家から学校に通っているという部長は、怪我をしている以外は元気そうで、「また部室に顔を出せよ。オレも部員も待っているからな!」と、屈託のない笑顔を浮かべて言った。

そのうちに、と曖昧に答え、僕は三年生の教室をあとにした。

——まただ。

また、カードは予知してくれなかった。

部長の家が火事になると予知してくれれば、防げたんじゃないか?

部長が怪我をせずに済んだのではないか?

カードは、僕の身近な人の不幸を、ちっとも予知してくれない。

それは、紛れもなく僕自身の不幸でもあるはずなのに。

疑惑は大きくなっていく。それはもう、僕には抱えきれないほどになっていた。

◆

僕の前に一枚のカードがある。

時刻は夜の十時半。まだカードの表は白いまま。

その白々しいほどの白さを、僕は自室で畳の上に横になって見ていた。

「……マキちゃん」

小さく呟く。

今の僕の状態は、マキちゃんが出てきた夢を見たときと同じ。

自分でも馬鹿馬鹿しいと思う。マキちゃんなんて子は、現実にはいない。僕の夢が創り出した幻にすぎないのに。

だけど、これしかないとも思う。

部長の家の火事のことを知って、数日考えた。土曜日だった昨日も、一日中、今と同じように横になって考え続けて、そう結論づけたんだ。

カードの未来予知で、自分の生活に平穏が戻ったと思っていた。

しかし、ソラの死、椛の怪我、部長の家の火事、それらは僕にとっても不幸な出来事なのに、カードは予知してくれなかった。

そもそも、このカードは一体なんなのか。誰が与えてくれた物なのか。

疑問を解消するための手がかりと言えば、カードを手に入れる直前に見た、あの夢。マキちゃんという少女の出てきた夢しかない。

僕はゆっくりと目を閉じる。そして、心の中で呼びかける。

──マキちゃん。僕に答えをくれ。

瞼の裏の闇。時計の針の音。蛍光灯が発する微かな音。

数分が経過した、ような気がする。

……何も起きない。

やっぱり駄目か。僕は諦めて目を開いた。

「……っ？」

そして飛び起きる。

僕の部屋が、モノクロに染まっていた。

全てが白と黒の二色で構成される世界で、僕と――。

「ルマちゃん見つけてくれたんだね、ナツヒコ」

僕の傍らで体育座りをしている彼女だけが、色鮮やか。

「マキちゃん……？」

「そうだよ。わたしはマキちゃん」

赤い髪、白い肌、モノトーンの衣服、それに、外見の割りに子供っぽい笑顔。保健室で見たときとは違い、白衣を羽織ってはいない。

最初に見た夢と同じ姿。……いや、もう認めよう。あれは夢じゃなかった。

マキちゃんは、実在する。

「ねぇ、ナツヒコ。ルマちゃんどこ？」

彼女はまだルマちゃんとやらのことを探しているようだ。今夜、僕が呼びかけたのも、ルマちゃんを見つけたからだと思っているらしい。

「違う。違うんだよ、マキちゃん。ルマちゃんって子は、見つけてない」

「……はぁ？」

マキちゃんは眉をひそめ、女の子座りになって身を乗り出してくる。

「何言ってんの？　見つけたんでしょ？　だから呼んだんだよね？」

「ゴメン。まだ見つけてない」

「ええぇぇぇぇ……」

口を尖《とが》らせて拗ねたような表情から、

「じゃあ、なんで呼んだのさっ！」

頬を膨らませ、憤《いきどお》りを露わにする。

「このカードのことを、君に訊きたかったんだ」

「カード？　……ああ、それのこと？」

僕が手に持ったカードを見せると、彼女は拍子抜けしたような顔をした。

「コレは、マキちゃんが創ったモノなの？」

「そうだよ」

アッサリと、肯定。

「ああ、でも、そうじゃないかも」

「え。どっち？」

「それはナツヒコの願いを叶える道具だから。ナツヒコの願いが生んだモノ、ってことになるのかも。それに今回は、ついで、だったしさ」

「僕の、願い」

「そう。ナツヒコ言ったでしょ？　明日が怖いって。だから、明日の怖いことから逃げられるようになったんだね」

明日起こる不幸な出来事を一つと、それを避ける手段の呈示。

推測したカードの能力は、間違っていなかった。

……いや、そうじゃない。間違っているんだ。

カードは、ソラの死を、椛の怪我を、部長の家の火事を、予知してくれなかった。

「マキちゃんの言っていることが本当なら、このカードは、多分、上手く働いていないよ。僕は、不幸な目に遭った」

僕が大声で非難したいのを堪えて言うと、マキちゃんは目を丸くした。

「ウソ！　壊れてた!?　まさか初期不良かなっ!?」

「そ、そんなのあるの？」

「ううん！　ないよ！」

……ふざけているんだろうか、この子は。

「マキちゃんは神様だもん、神様の創るモノが壊れたりしないでしょ。ナツヒコの勘違いじゃないかなぁ」

「そんなわけがない！」

僕はつい語調を荒らげた。

「わっ。急に大声出さないでよー。五月蝿《うるさ》いなー」

耳を塞ぐ仕草をするマキちゃん。

その不満そうな顔が、やけに癇《かん》に障った。

「僕は失ったんだよ！　大切な人を！　本当に、大切だった……僕にとってソラは、自分の命より大切な人だった！」

「……なんで？」

「え？」

マキちゃんのキョトンとした表情に、心が一気に冷えた。

本当にわかっていないように、見えた。本気で「なんで？」と言っているように。

「そのソラって子が死んじゃったのが、ナツヒコの不幸なの？」

どうして、そんなことを訊く。そんなの決まっているじゃないか。

「なんで？」

「な、なんでって……」

「ソラちゃんは死んじゃったね。でも、ナツヒコは生きてるじゃん。ソラちゃんが死んだのはソラちゃんにとっての不幸で、ナツヒコには関係ないことだよ？」

「何、言ってるの……？」

マキちゃんの言っていることが、理解できない。

「ソラは、僕の恋人だったんだよ？　恋人が死んだら、不幸に決まっている……」

「どうして？　どうして決まってるの？」

純粋な瞳で問われ、僕は口籠もる。改めて問われると説明できない。

いや、違う。

説明なんてしなくていいはずなんだ。恋人、友人、両親、兄弟……そういった自分の周りにいる人が、自分より大切に思えることがある。その人たちの不幸が自分の不幸に思えることがある。そんなこと、説明されなくたってわかるはずのことなんだ。

ずっと一人で生きてきた人間か、人間でない何かでない限り。

「ナツヒコの言う不幸って、それだけ？　ソラちゃんが死んだことだけ？」

「それだけって……君は」

当然抱くべきだった疑問に、僕はこの時、ようやく気づいた。

——マキちゃんって、なんなんだ？

「それだけなら、カードは壊れてないね。よかったー。焦っちゃったよー」

ふぅ、と汗を拭う仕草をし、

「ナツヒコの願いはちゃんと叶ってるよ。だって、ナツヒコだけは平穏に暮らせているんでしょ？　死んじゃったりしてないよね？　だったら、正常。ナツヒコ以外の人が不幸な目に遭っても、ナツヒコには関係ないものね」

ニコニコと朗《ほが》らかに笑う、マキちゃん。

「君は、本当に……」

冗談では、ないのかもしれない。

マキちゃんは、本当に神様なんじゃないのか。

マキちゃんは神様で、神様は一人で完璧な存在。だから、自分以外の何かが大切だという考え方を、まるっきり理解できない。

他人の大切さが、マキちゃんにはわからないんだ。

カードは僕の不幸をちゃんと予知してくれていた。僕の不幸だけを、予知してくれていたのか。ソラの死も、椛の怪我も、部長の家の火事も、カードは僕の不幸として認識していなかったという、ただ、それだけ。

「それにさ、仕方ないんだよ。代償だもん」

絶句している僕に、マキちゃんはまた体育座りに戻って言う。

「言ったよね？　技を使うにはＰＰを消費しなくちゃいけない、って。……あれ？　ちょっと違ったかな？　ま、いいか」

「代償って、何？」

僕はマキちゃんの目を見て言った。

彼女の瞳は、純粋な輝きを放っていて、まるで磨き抜かれた宝石のようだ。

「代償は、ただの言葉」

「……カードを使うと、何かよくないことが、起きるの？」

「よくなくないよ。ナツヒコには関係のないことが起きるだけ」

「それは、何？」

マキちゃんは、どう説明するべきかしばし迷うような仕草をした。

僕には関係のないことだと言う。

でも、それは、間違いなく、僕に関係があることだと思った。

「ナツヒコの代わりに、他の人が不幸になる……ってだけ」

マキちゃんは笑顔で言う。

「未来予知は外れないよ？　ナツヒコが怪我するって書いてあったら、ナツヒコは怪我をする。不幸だねぇ。でも、不幸にならなくなる方法も、外れない」

マキちゃんは綺麗な笑顔で言う。

「カードの力は二つ。未来を予知する力と、それを変える力」

マキちゃんは無邪気な笑顔で言う。

「まず、未来が予知されるよね。例えば……ナツヒコが怪我をする未来とか。何もしなかったら、ナツヒコは予知されたとおりに怪我をして、不幸になる」

マキちゃんは明るい笑顔で言う。

「次に、それを変えられる力が働くの。カードに書かれたことを、ちゃんと守れば、ナツヒコが怪我をする未来は変わって、不幸じゃなくなる。凄いでしょ？　正しく予知された未来は絶対なのに、変えてしまえるんだね」

「じゃあ、変わる前の未来はどうなっちゃうと思う？　二つ目の力で未来が変わって、ナツヒコが避けた不幸は、どこへ行くのかな？　消えちゃうと思う？」

マキちゃんは儚《はかな》げな笑顔で言う。

「答え、消えない。それが箱の仕組み。世界の仕組みだから」

僕はマキちゃんの笑顔をじっと見ていた。

笑顔一つが、コロコロ変わる。万華鏡のように。

「因果律とか言われても、ナツヒコは頭悪いからわからないよね？　簡単に起きていることだけを言えば、ナツヒコが避けた不幸は、ナツヒコの近くにいる人に降りかかるんだよ。でも、ナツヒコはちゃんと不幸じゃなくなってるから、正常だよね」

前に、誰かが言っていた。

完璧な未来予知は、覆せないと。

マキちゃんが神様なら、彼女がもたらしてくれた未来予知は完璧で、同じように彼女が与えてくれた不幸な未来を変える力も完璧だ。

その矛盾を解消するために、世界が歪むのか。

僕が避けた不幸が、歪みとなって椛を襲い、怪我をさせた。

僕が避けた不幸が、歪みとなって部長を襲い、火事を起こした。

みんな、僕の代わりに不幸になっている。

——それなら、ソラは？　ソラが死んだのは、僕の……。

「やめろッ‼」

考えるな。考えるな。考えるな。

アレはただの事故だった。僕は関係ない。僕は、ソラを。

「むぅ。ナツヒコは何が不満なのかな？」

頭を抱える僕の顔を、マキちゃんが下から覗き込んで見上げてくる。

「ひょっとして、まだカードが壊れてるって思ってる？　仕方ないなぁ……」

マキちゃんは何もない空中から一冊のノートを取り出した。

「はい、これ」

そう言って差し出されたノートには『自由帳』と書かれていた。

「これに、ナツヒコが今まで避けた不幸と、代わりに不幸になった人たちのリストが載ってるから、見せてあげるよ」

マキちゃんがノートを広げる。

白いページに、歪んだ線と子供のような字で、表が書かれている。

「一番左が日付ね。その横が、ナツヒコの避けた不幸。で、その隣が、代わりに不幸になった人の名前と、どう不幸になったか、だよ」

細い指で示しながら、マキちゃんは丁寧に表の見方を教えてくれる。

僕はその指の動きを目で追う。

——見るな！

心の奥のほうで誰かが叫んだ。
けれど、僕の目は、その欄を見つけてしまう。
想像しながらも絶対に認めたくなかった現実を、見つけてしまう。

日付は、ソラの死んだ日。
避けた不幸は、電車に轢かれて死ぬこと。
代わりに不幸になった人は、伏見ソラ。
ソラが、僕の代わりに死んだのだと、書かれていた。

「ほらね。ちゃんと不幸、避けれてるでしょ?」

マキちゃんは笑顔を浮かべて言う。
ニコニコと、ニコニコと。
それはもう、本当に、見惚れてしまいそうなほどの、笑顔で。

幕間 【ぼくらの報復政策】

彼は静かな声で言った。

「殺せ」

誰を？

「全員を」

何故？

「それが報いだからに決まっている」

なんの報い？

「彼女を殺した報いだ！」

初めて見る表情と、初めて見る声で、彼は願う。

やはり、彼は彼女を愛していたのか。

だから、彼女を喪失したことで痛みを感じ、泣き叫んでいるのか。

愛。

私には理解できない感情。理解する意味のない感情。

それが、彼の心を焼き、悲しみと憎しみの灰へと変えていくのか。

「報復を、始めるぞ……！」

私は彼の願いを叶えなくてはならない。

そのための道具になる。

彼が指定した報復の対象は、数十人に及んだ。

彼女を轢き殺した列車の運転手から、ただ見ていただけの目撃者まで、無数に。

私は、その者たちに相応しい報いを与える。

世界を眺め、存在を知覚し、確率を操って、報復を実行する。

しかし、対象への報復は、彼の望む結果を生まなかった。

「何故だ！　何故、殺せない！　ヤツらは彼女を殺したのに！　その報いは、ヤツらの命で以《もっ》て成されるべきだろうが！」

彼の望む死が与えられたのは、数十人のうち一人だけ。

それ以外の人間は、死で報われるほどの悪を行っていない、ということだろう。

「そんなわけあるかッ！」

激昂した彼は、立ち尽くしていた私を、殴りつけた。

私が床に倒れると、馬乗りになって、さらに何度も私を殴った。

「彼女を！　彼女を殺したんだ！　連中は！　ヤツらは！」

繰り返し、繰り返し、衝撃が私の頭部に与えられる。

痛みはない。折れた歯も、赤く晴れた頬も、拉《ひしゃ》げた鼻も、すぐに元に戻る。

「彼女を殺す以上の悪行など、ない！」

後頭部が強く床に叩きつけられ、一瞬、視界が黒く染まった。

血の雫が頬を伝うのがわかる。私の血ではない。彼の手の皮膚が裂けたのだろう。

私を壊そうとすればするほど、彼のほうが、壊れていく。

「彼女は……俺の、理解者に……たった一人の……俺の……」

血とは異なる透明な雫が、頬を打った。

「殺すんだよ……！　死ななくては、ならないんだ……！」

彼は泣いていた。

見開かれた両目から流れ出た液体が、私の顔についた、彼自身の血を洗う。

「善には善……悪には悪……死には死を以て、報いを……！」

分相応。因果応報。それを世界に強制する、報復の力。

しかし、彼の願いは最早、報復ではなく、復讐となった。

それは渇望である。私のよく知る、自分のための切実な願いだ。

苦痛を取り除き、不幸から逃れようと足掻く、人間の願いだ。

私は彼の願いを叶えなくてはならない。

そのためだけの、モノだから。


目を瞑る。

暗闇に、彼が復讐対象に定めた人間たちが見える。

男がいる。女がいる。老人も、子供も。

死の報いが与えられるほどの悪を成していない、人間たち。

私は、彼らの周囲にある確率に介入し、改変を行う。

彼らに死の確率を強制するのは、実に容易《たやす》かった。

これで、彼の願う復讐は、叶った。

彼は私を殴っていた腕で涙を拭った。

それから、再び私を殴り始める。
悲しみも、怒りもない、凍りついたような無表情で、淡々と。
私は、彼から与えられる暴力を、受け入れる。

私は人の願いを叶えるモノ。
ただ、それだけのモノ。

それだけのモノで在り続けたいモノ。

第５章【雁首揃えたジョーカーは】

――酷い顔だ。

朝、洗面所の鏡に映る顔を見て、そう思った。

目の下に濃いくまが刻まれている。頬が若干痩《こ》け、唇はガサガサに荒れていて、全体的に顔色も悪く、瞼の上のあたりにニキビができている。

ソラが生きていた頃は、何もしていなくても笑顔に見えた、自分の顔。

今では、まるで病人のようになってしまった。

大好きだった人を自らの手で殺した、罪人の顔でもある。

昨夜、マキちゃんはカードの代償について説明し終えると、またルマちゃんを探しに行くと言って消えてしまった。今度は「見つけたら教えて」とは言わなかった。突きつけられた現実から逃避しようと、僕が彼女の言葉を聞いていなかったからだ。

カードの代償。

自分が不幸でなくなる代わりに、身近な人が不幸になる。

これはババ抜きの理屈だ。

僕は自分に回ってきたジョーカーという不幸を、すぐ隣にいる、ソラや、椛や、部長に引かせていただけ。マキちゃんの力という〝イカサマ〟で、ジョーカーを大切な人たちに押しつけていただけ。

自分も、引いた人たちも、誰も気づかないままに。

そして僕は、気づいた今も、その〝イカサマ〟を続けている。

『明日、数学の授業で指名されたのに答えが出ない。予習しておくこと』

そんな未来が、マキちゃんが消えたあとカードに浮かんで、だから僕は、登校中のバスの車内で、吊革に掴まったまま数学の教科書を開いていた。

自分がどれほど矮小《わいしょう》な人間か、わかる。

指名されたけど答えられない？　そんなこと、どうでもいいじゃないか。

けれど、カードに従わずにはいられない。

確定された不幸に、ささやかだけれど確実な不幸に、飛び込む勇気がない。

そして、また誰かを不幸にする。

今にして思えば、僕は幸せだったのだろう。

ソラと付き合い始める前から、カードを手に入れる前から。

毎日が幸福感に包まれていれば、ちょっとしたこと、例えば、予期しない雨に降られるとか、抜き打ちテストの結果が悪くなるとか、そんなことは大した不幸に感じない。それを避けても、代償は少なくて済んでいたんだ。

しかし、ソラが死んで、一緒に幸福も死んでしまったあと、僕は幸せというのがどんな状態かもわからなくなっていて、ごく些細な不幸も重く感じられるようになり、その結果、代償として身近な人に降りかかる不幸が、目に見える形で現れるほど大きくなってしまった。

——幸せって、なんだっけ？

今の僕はそんなことを考えている。

ソラと一緒にいられたときは、考えもしなかった。

幸せとは何かを考えない、それがおそらく、幸せということなんだ。

今さらわかったところで、意味は、ないけど。

僕は無言で数学の教科書を閉じる。

今日の授業でやりそうな部分は完全に押さえた。

これで、僕は不幸を避けられる。

これで、また誰かが不幸になる。

◆

休み時間に、廊下で担任教師に呼び止められた。

「紫藤。……大丈夫か？」

僕の顔を見ると、みんなが「大丈夫か？」と訊ねる。

椛も、祖父母も、アキトも。僕はそれに、

「大丈夫です」

決まって、そう答える。

すると、みんな、とてもそうは見えない、という顔をする。

見た目だけで判断するなら、訊かなければいいのに。

「そうか……。もし、よければなんだが、先生の知り合いに臨床心理士がいてな、その人のカウンセリングを受けてみないか？」

「カウンセリング、ですか？」

「ああ。辛いことが多いのはわかるが、少しは楽になるかもしれないぞ」

栗原東高校には、スクールカウンセラーというのがいる。だけど、先生はそれでは足りないと思っているのか。本気で、僕が心の病《やまい》を抱えているのだと、そう思われているらしい。まあ、否定はできないけれど。

僕を治療したいのなら、確実なのはカードを奪うことだろう。奪われない限り、僕はカードを見続けてしまう。頼り続けてしまうから。

でも、それをされたら、僕は壊れるかもしれない。

見えない明日の恐怖に押し潰されて。

「ありがとうございます。考えておきます」

僕はお辞儀をして、その場をあとにした。

なんとか笑ったつもりだったけれど、先生の表情から察するに、上手く笑えてはいなかったようだ。仕方ない。

——おい。何してるんだ。折角のチャンスだったのに。

誰かが僕の心の奥で訴えた。

確かに、チャンスだった。カードを取り上げてもらうチャンスだった。

アレに頼り続ける限り、僕は前に進めない。周りの人たちを不幸にしながら、その罪悪感の泥沼で藻掻《もが》き続けなくてはならない。

だけど、怖い。毎晩、思う。今度こそ、カードに僕の死が予知されるのではないか、と。

死に怯える僕は、カードをめくる手を止められない。

◆

見上げると、空は抜けるような青さだった。

冬の空気は澄み切っていて、空の果てまで見えそうな気がする。

空。ソラ。どちらも、もう手の届かないものになってしまった。

今は昼休み。僕は校舎の屋上に来ていた。

栗原東高校の屋上は、基本的に開放されている。春から夏にかけての季節なら昼食を取る生徒に人気があるが、肌を切り裂くような冷たい風の吹く今頃は、わざわざ屋上に上がってくる人は少なく、今、屋上にいるのは見渡す限り僕だけだった。

屋上の端に巡らされたフェンスは高く、強固だ。開放されているからフェンスが高いのか、フェンスが高いから開放できているのか、どちらだろうか。

——登れなくもない、かな。

フェンスを見上げ、そんなことを思う。

二重になった金網を握る手を見ると、親指の爪がガタガタになっていた。

最近、気がつくと、いつも親指の爪を噛んでいる。前歯で、奥歯で、ときに親指ごと、痛みを感じ、血が滲んでも、噛んでいる。また、悪い癖が戻ってしまった。強いストレスを感じている証《あかし》だ。

ストレス。なんか、軽い言葉な気がして、イヤだな。

フェンスは屋上の端から二メートルほど内側に設けられている。だから、フェンスを登るか越えるかしないと地面を見ることは難しい。

見るまでもなく、六階建てなら十分な高さだろう、と思う。

自分を殺すには十分な高さだ、と思う。

——そんな勇気、ないくせに。

誰かがせせら笑う。

そうだ。僕にそんな勇気はない。誰かを不幸にするとわかっていながら、カードを捨てられずにいるのが、その証拠だ。

死ぬのは怖い。死にたくない。

だから、カードをめくり続ける。死という不幸を避けるために。

でも、その度に誰かが不幸になるのだと思い、罪悪感に苛《さいな》まれる。

そして、こんな自分は死ぬべきだ、という脅迫感に襲われる。

その繰り返し。堂々巡り。無限の円環をグルグルと。

フラッシュバックに襲われることは、もうなくなった。両親の死に様は、目を瞑るだけで浮かぶようになってしまったから。その姿に自分が重なって見えることも少なくはない。そんな幻が、死への恐怖を増大させる。

どうすれば、いいのだろう。

僕はただ、平穏に暮らしたかっただけだ。今の暮らしはとても平穏で、悲しいくらい静かだけれど、これは望んだ平穏とは違う。

そうか。違う。僕は幸せになりたかった。

平穏になれば幸せになれると、勘違いしていた。

じゃあ、これからどうすれば、僕は幸せになれる？

ソラは、もういないのに。

手遅れなんだ。ソラのいない世界で、幸せになんかなれるわけない……。

「……あ」

気がつくと、僕はまた親指の爪を噛んでいた。

開いた指先の傷口から、赤い雫が指を伝って流れた。

「――ナツヒコ!?」

大きな声がした。ビックリして、声のしたほうへ振り向く。

「……アキト？」

屋上の入口にアキトが立っていた。足元にはパンの入ったビニール袋が落ちている。

彼は、目を見開き、鬼のような形相で僕に走り寄ってきた。

「馬鹿野郎、お前！　何してんだ！」

「う、うわっ!?」

肩を思い切り掴まれ、フェンスから引き剥《は》がされる。

怒っている。アキトは激怒している。どうして？

「こんなことして、なんになるってんだよ!?　伏見が喜ぶわけねぇだろ！　ふざけてんじゃねぇぞ！」

今にも殴りかかってきそうな表情。しかし、その目には、涙が溜まっていた。

「馬鹿っ、野郎……！　死んじまったら、それまでなんだぞ……！」

「アキ、ト……」

大粒の雫が彼の頬を伝い、ようやく気づく。

アキトは、僕が自殺しようとしていると勘違いしたんだ。

自分では気づかなかったが、今にも死にそうな顔でフェンスを掴んでいたから。

「違う……違うよ。僕は、自殺なんてしないから……」

思わず、自嘲気味の笑みを浮かべていた。

「そんな勇気、僕にはないよ……」

死ぬ勇気も、カードを捨てる勇気も、何もない、ただの臆病者。

それが、僕だ。

「勇気って……」

アキトは、安堵の表情を一瞬だけ浮かべ、

「……そんなもん勇気じゃねぇ!!」

先程の以上の怒りを露わに、叫んだ。

「自殺する勇気なんてあるかっ！　そんなもの勇気だなんて呼ばせねぇぞ！」

掴まれた両肩が、熱い。彼の激情が、伝わってくるかのように。

「なあ、生きてくれよ、ナツヒコ。お前が苦しいの、わかるよ。だけど、笑えなくたっていいから、生きてはいてくれ。俺は、ナツヒコが死んだら悲しいんだよ。お前が、伏見が死んで悲しかったのと、同じようにさ……だから」

「アキト……」

「頼むよ。そんな勇気、もしちょっとでもあるんだったら、捨てちまってくれ。生きてくれ。俺の……俺たちの……ために……」

アキトの声は、次第に涙声になった。

俯いてしまって顔は見えないが、彼の目から涙が流れていることがわかる。

──俺たちのために生きてくれ。

その言葉で、わかった。

いるのだ。僕が死ぬことで悲しむ人たちが。

アキトも、椛も、祖父母も、それにソラの両親や、ボードゲーム部の部員たちも。

酷い顔の僕を見て「大丈夫か？」と、気遣ってくれる人たち。

「……でも、僕は」

アキトには聞こえないごく小さな声で、呟く。

——でも、僕は、その人たちを不幸にしようとしている。

カードを使い続けることで、僕が不幸を避け続けることで、代償として、僕の死を悲しんでくれるだろう人たちを、いたずらに傷つけようとしているんだ。

僕は、泣きそうな心地がした。

アキトの言葉が嬉しくて、ソラを失っても大切な人がいることが嬉しくて、だけど、その人たちを傷つけずにはいられない自分の弱さが情けなくて。

願わなければよかった。カードなんて、手に入れなければよかった。

今さらな後悔に、涙が出そうになって。だけど、僕は。

「……ありがとう。アキト」

今できる精一杯の笑顔を浮かべる。

「僕は大丈夫だから。死んだり、しないから」

僕の肩を掴むアキトの腕に、手をかける。力をなくした腕が、ゆるりと垂れる。

「ナツヒコ、お前……」

顔を上げたアキトの目は、真っ赤になっていた。

僕のせいだ。何もかも僕のせいだ。

「ゴメン、アキト。僕、もう行くから……」

距離を取ろうと思った。

僕の近くにいる人に、僕の避けた不幸が降りかかる。カードを捨てることができないのなら、大切な人から遠ざかっておくしかない。

アキトが大切だからこそ、僕はアキトの近くにいちゃいけない。

そう心に決めて、僕は屋上を立ち去ろうとした。

「……ちょっと待て！」

その僕の手を、アキトが掴んで止める。

彼の手は大きく、力強く、そして燃えるように熱かった。

アキトが振り返った僕の目を見る。彼は真剣な目をしていた。

「伏見のことだけじゃ、ないのか？」

「え……」

「そうなんだろ？　ナツヒコを苦しめてるのは、伏見が死んだことだけじゃ、ないんだろ？　なあ！」

揺さぶられる。握られた手が、僕の心が、アキトによって。

「変だと思ってたんだ。お前、ボロボロじゃないか。あんなことがあって仕方ないと思ったし、時間が解決するとも思った。だけど、お前、どんどん酷くなってる。何かあるんだろ？　伏見のこと以外に、お前を苦しませていることが！」

視界がぼやけた。目の端に涙が溜まっていく。

僕は弱い。こんなにも弱い。アキトが必死に差し出してくれる救いの手を、駄目だとわかっているのに、掴もうとしている。

「言ってくれ！　話してくれ！　俺は、ナツヒコの力になりたいんだよ！」

おそらくもう、限界だったのだ。

元々、僕は、ソラがいないと両親の死からも立ち直れないくらい、弱かった。

支えだったソラを失って、一人で立っていられるわけが、なかったんだ。

「ナツヒコ!?　大丈夫か！」

その場にへたり込みそうになった僕を、アキトが支えてくれる。

そうじゃないな。無自覚だっただけで、僕はずっと、彼に支えられていたんだ。

僕の目から熱い雫が零《こぼ》れ落ちる。それが、きっかけだった。

「夢を、見たんだ……」

口から言葉が勝手に流れ出る。

もう、止めることはできなかった。

◆

「そうか……」

僕の隣に腰掛けたアキトが、空を見上げながら溜め息を吐いた。

屋上に設置されたベンチ。僕とアキトはそこに並んで座っている。冬の風に冷やされていた座面はまだ冷たい。体温で温まるほど、僕の話は長くなかった。

「……うん」

僕は、俯きながら言った。

アキトの顔が見られない。どんな表情かを想像するのも恐ろしい。

マキちゃんの出てきた夢のことから話し始めて、昨夜に知った代償のことまで語り終えた僕の心境は、多分、神に懺悔《ざんげ》した罪人に近い。

大きな安堵と、そして、同じくらいに大きな、後悔。

——話してよかった。

——話すんじゃなかった。

そんな二つの気持ちが、同居して鬩《せめ》ぎ合っている。

アキトは何を思うのだろう。彼もソラの死を悲しんでいた。だったら、間接的とはいえソラを殺した僕を恨まないわけがない。

全身が震えるのがわかった。冷たい風のせいではない。

「伏見は」

アキトの声に、肩がビクリと跳ねた。

「ナツヒコを責めたりしない」

僕はアキトの顔を見た。彼は空を見上げながら微笑んでいた。

「考えるまでもないだろ？　もし逆の立場だったら、どうだ？　伏見のほうが未来予知のカードを持っててさ、伏見が自分の死を避けた代わりに、ナツヒコが死んだとしたら？　お前、伏見のことを恨んだのか？」

言葉が出なかった。そんな風に考えたことは、一度もない。

そして、考えてみる。

ソラが生き残るために、僕が犠牲になったとしたら。

恨めるはずがない。むしろ、よかったと思える。ソラが生きていてくれて。

「な？　同じ気持ちなんだよ、伏見だってさ」

僕の心を読んだように言い、アキトは僕のほうに顔を向けた。

「端から見てても、ナツヒコと伏見が好き合ってるって、誰にでもわかったよ。好き合ってるっつーか、その、愛し合ってるってさ」

照れ臭そうな顔をして、アキトは僕の額をコツンと叩く。

「だから、ナツヒコは苦しんでるし、だから、伏見はナツヒコを恨まない。愛している人が生きていてくれる。それ以上の喜びなんかないさ」

多分な、と付け加えて、アキトは顔をクシャっとさせて笑った。

もしも、と考えるのは卑怯だとは思う。

だけど、もしも、カードにソラの死が予知されて、それを避ける方法が自分が死ぬことしかなかったとしたら、僕は、ソラのために死ねただろうか。

きっと死ねた……と、思う。今だから思えるのかも、しれないけれど。

「しっかし、凄い話だなぁ、未来予知なんて」

アキトが明るい声で言うのにつられて、僕も笑う。

「……うん。アキトは、それでも信じてくれるの？」

「信じるよ。お前、本当に辛そうだったしな。自分で気づかなかったか？」

「少し。今朝、顔を洗おうとしたときに、酷い顔だなって」

今はどんな顔をしているだろう。ちょっとはマシになったかな。

そんな風に考えられること自体が、いい変化なんだ。

「……ナツヒコは、悪くない」

アキトは、また空を見上げながら言った。

「そう……かな」

「普通に考えろよ、普通に。俺だって同じことしたさ。不幸になるのも、死ぬのも、みんなイヤに決まってる。自分が死ぬことで大切な人が生き長らえる、そんな、よっぽどの事情でもない限りな……」

それは、僕が一番ほしがっていた言葉だった。

思い返せば、アキトはいつだって、僕のほしい言葉をくれたような気がする。

「僕は、カードを捨てたほうが、いいのかな」

「そりゃ、お前の自由だろ」

「でも！　僕が不幸を避けたら、その分、他の誰かが不幸になるんだ！　椛や、お祖父さん、お祖母さん、それに……アキトだって」

「ばっかだなぁ、お前」

アキトは呵々《かか》と笑い、また僕の額を小突いた。

「構いやしないよ。それで友達が幸せになるってんならさ、ちょっとぐらいの不幸は進んで肩代わりしてやるさ」

それは多分、半分くらいは冗談だったのだと思う。

だけど、僕は嬉しかった。そう言ってもらえることが、嬉しかった。

「本当にありがとう。アキト」

「かしこまるなって。俺が困ったときに心置きなく迷惑かけられるようにって、予防線を張ってるだけだったりするんだからさ」

「うん。いつでも、力になるよ」

鼻を掻いて照れ笑いを浮かべるアキトに、僕は力強く頷いた。

「そろそろ昼休みも終わるな。教室戻ろうぜ……って、パンのこと忘れてた」

アキトは立ち上がり、落ちていたビニール袋を拾い上げる。

「ご、ゴメン。僕の話に付き合わせちゃったから……」

「いいっていいって。袋に入ってるから平気だよ。それに、午後の授業中にこっそり食べるパンも美味いんだぜ？」

アキトがニッと笑い、僕も笑う。いつものやりとり。

少しだけ、心が軽くなった気がした。

二人で屋上の入口であるペントハウスに入り、階段を降りようとすると、

「……なあ、ナツヒコ」

アキトが立ち止まり、僕の名を呼んだ。

階段に足をかけていた僕は彼を振り返る。

「因果応報って、知ってるか？」

アキトの表情は、逆光になっていてよく見えない。

「人間には、その行いに応じた報いが与えられる……って言葉だ」

僕は首を傾げた。

言葉の意味は知っているが、何故そんなことを急に話すのか、わからない。

「ナツヒコは、今までずっと不幸に耐えてきただろ？　そろそろ、その報いが与えられてもいいんじゃないか？」

「……報い？」

「そうだよ。今のナツヒコに相応しい報いを」

僅かに日が陰り、アキトの顔が見えた。彼は笑っていた。

少し考えて、気づく。アキトは、僕に幸せになれと言っているんだ。不幸を味わった分だけ、その報いとしての幸せを手に入れていいんだ、と。

「ありがとう。そう言ってもらえると、嬉しいな」

僕に幸せになる資格があるかどうかはわからないけれど。

「そうか。そりゃ、よかった」

笑いながら言って、アキトは階段を駆け下りていく。

僕も、そのあとに続いた。

冷たい階段ホールに、二人の足音だけが響いた。

◆

その日の夕食は、いつもよりも美味しく感じた。

帰り道の普段どおりの景色も、昨日までより清く澄み渡っているように思えた。

アキトの存在が、彼の言葉が、僕の世界を変えてくれたのだ。

「……変なの」

僕の様子が急に変わったからか、椛はずっと訝《いぶか》しげな表情をしていた。けれど、そこには確かに安堵が含まれていたように思う。祖父母も同じだ。

僕自身も心のどこかで安堵していた。気が抜けた、と言ってもいい。

実際のところ、まだ何も解決してはいないし、僕はカードを捨てられそうにない。未知の明日への恐怖、大切な人を不幸にする恐怖、それら矛盾した二つの恐怖は僕の心にこびりつき、そう易々とは剥がせないだろう。

でも、ほんの少しだけ、楽にはなれた。それは甘えかもしれないけれど。

夜の十一時を回り、僕は自室でカードを手にする。

もし、浮かび上がった未来が些細な不幸なら、例えば、抜き打ちテストがあるとか、その程度の不幸なら、避けるのはやめようと思う。そうすれば、僕の避けた不幸が他の誰かに降りかかることはない。

——そうだ、そうしよう。

引いたカードがジョーカーでもいい。

少しでも長く、みんなとババ抜きで遊んでいられるのなら。

前向きな気持ちになって、僕は未来予知のカードをめくった。


『明日、学校の帰りに通り魔に襲われて死ぬ。学校に行ってはいけない』


一瞬、時が止まったような気がした。

室内にある全ての音が遠のき、自分の荒い呼吸音ばかりが耳につく。

カードがブルブルと震えている。いや、震えているのは僕の手だ。

「通り魔に襲われて……死ぬ」

確認するように、浮かび上がった文章を口にする。

ソラが死ぬ前日以来の、死の未来予知。

未来予知は完璧。避けるための手段を実行しなければ、僕は明日、確実に死ぬ。

「……は、ははは」

僕は笑った。口が引き攣《つ》っているのがわかる。

だって、面白いじゃないか。僕自身の馬鹿さ加減が、面白い。

忘れていたのか。明日という暗闇には、死という化け物が潜んでいると。

七年前に両親が死ぬのを見て、理解させられたはずだ。

それが怖かったから、僕は平穏を願い、そして未来予知が与えられた。

「……死にたくない」

口から漏れたのは、本心からの願いだった。

それを叶える方法は簡単。カードに従い、学校に行かなければいい。

でも、そうして避けた僕の不幸は、僕の近くにいる人を襲う。椛か、アキトか、祖父母か、それとも他の誰かか。

愛する人が死ぬかもしれないんだ。僕の代わりに。

アキトは言っていた。

『愛している人が生きていてくれる。それ以上の喜びなんかないさ』

だから、ソラは僕を恨んだりはしていない、と。

それを聞いて僕は考えたはずだ。ソラのために死ねるか、と己に問い、きっと死ねると、思ったはずだ。

しかし、そんな決意は決意ですらなく、ただの妄想で。

今の僕は、目の前に突きつけられた確実な死を、ひたすらに恐れていて。

「……ごめんなさい……ごめんなさい……ごめんなさい……ごめんなさい……」

カードを握り締めたまま、誰にも届かぬ謝罪の言葉を繰り返し。

翌日、体調を崩したふりをして、僕は学校を休んだ。


夕方頃、家の電話が鳴った。

お祖父さんは仕事、お祖母さんは出かけている。僕はフラつきながら一階に降りた。ふりのつもりが、本当に体調が悪い。精神の疲労が、肉体に負荷をかけているのか。

電話をかけてきたのは、担任の教師だった。

「学校の理科室で爆発事故が起きた」と、先生は声を震わせながら言った。

化学の実験中のことだったと言う。原因はガス漏れによるもので、僕のクラスメイトの何人かが大怪我を負い、病院に搬送されたらしい。警察の捜査が入り、事故の処理もしなくてはならないため、明日は休校になるそうだ。

先生は、怪我を負った生徒の名を出席番号順に告げた。その中に、アキトの名前はなかった。

「……それで、他に何かありますか？」

「は？　い、いや、事故のことだけ、だが……」

「そうですか。わざわざ、ありがとうございました」

僕は先生の返事を待たずに電話を切った。

自分の感情が、死んだように動かないのを感じた。驚きも、悲しみもない。何かの防御機構だろうか。罪悪感で自分を殺さないための。

代わりに、理性だけは動く。

僕の避けた死という不幸が一人に降りかかると、等価値の死という不幸になる。けれど、どうやら、複数人に分散されると大怪我だけで済むようだ。

まるで他人事のように、そんなことを考えていた。


また夜が来て、僕は再びカードを手に取る。

蛍光灯の明かりを白々と照り返す表面には、こう書かれていた。


『明日、コンビニ強盗に巻き込まれて死ぬ。コンビニに近づいてはいけない』


まず一度、目を通し、さらに続けて二度、読んだ。

それでも足りなくて、もう一度、文面に視線を這わせる。

「コンビニ強盗に巻き込まれて、死ぬ」

口にも出してみる。だが、やはり、わからない。

これは、なんだ？　二日連続で死の未来予知？　そんなこと——

「——ありえない」

どんな確率だ。僕らの日常には、それほど多くの死が潜んでいるのか。まして、コンビニ強盗。その前は通り魔。八扇市は、いつの間に犯罪都市になったのだろう。

だが、未来予知は絶対。

どれほど低確率だろうと、明日、確実にコンビニ強盗は起きる。

僕が、カードの指示に従わない限り。

「ごめんなさい……」

僕の代わりに不幸を被《こうむ》る誰かに謝りながら。

僕は世界を遮断するように布団を頭まで被《かぶ》り、眠った。


翌日。僕は家から一歩も出ずにすごした。

お祖母さんの家事を手伝い、明日の授業の予習をし、意味もなく部屋を掃除したりした。やることが多いと嫌なことを考えずに済む。こうしている間に誰かが僕の代わりに不幸になっているかも、と想像せずに済む。

夜のニュースで、久しぶりに雑誌記者の浅井次郎の名を見た。

それは、交通事故のニュースだった。

今日の昼すぎ、浅井次郎はトラックに轢かれて死んだ。事故の当時、トラックの運転手は飲酒状態だったという。

復讐心に取り憑かれ、前に進むことを諦めていた男の末路。

それは、彼を復讐に駆り立てた娘の死という悲劇と、同じ形をしていた。

ごく短いニュースを見て、僕は、

——浅井次郎も僕の〝身近な人〟に分類されるのか。

そのことに、ちょっとだけ驚いた。他は、特に何も思わなかった。

三度目になると、疑問すら感じなくなった。

『明日、学校の屋上から落下して死ぬ。屋上に上がってはいけない』

またしても浮かび上がった死の予知。僕は、寝る前に謝るのをやめた。

休校明けの学校は、どこか暗い雰囲気に包まれていた。正門前にマスコミが群れていたので、裏門から敷地に入り、本校舎を見上げると、理科室の窓の周囲に焦げ跡が見て取れた。

教室の空気は、さらに重く沈んでいた。お喋りの喧噪はなく、まだホームルームでもないのに、みんな大人しく席に着いている。

「よぉ、ナツヒコ。体、大丈夫か？」

右手を軽く上げて言うアキトも、笑顔に陰がある。目の下にうっすらとクマができていて、クラスメイトの怪我に心を痛めているのだろうな、と思った。

やがて教室に来た担任教師は、無理に明るく振る舞っていた。生徒たちを励まそうと滑稽を演じているのがアリアリとわかり、見ていて痛々しいほどだった。先生も監督責任を追及されて大変なのだろうが、生徒たちにそれを気遣う余裕はない。

僕はカードに従って、一日中、決して屋上には近づかなかった。

放課後、僕らのクラスは体育館の清掃を行った。体育館の清掃は、クラスごとに当番制で行うことになっている。

栗原東高校の体育館は三年前に改築されたばかり。全五百の座席が、自動で壁面に格納されるシステムが一番の売りだ。清掃は、まず格納されている座席を出し、周辺を清掃してから座

いる。

自動的に格納されていく座席の下方。座席を支える骨組み部分と壁の間に、何かが挟まって
舞台の上を雑巾がけしていた僕とアキトは、何事かと思い、声のしたほうを見た。

最初に、甲高い悲鳴が聞こえた。

事故は、座席周りの清掃を終え、座席を格納する際に起きた。

席を格納し、次に体育館全体の清掃、という流れで行う。


よく見ると、それは人間の下半身だった。

生徒とは違う、教師が着用するジャージを着ている下半身は、ピクリとも動かない。

近くにいた生徒たちは、それを呆然と眺めている。

「……早く止めろ！　緊急停止ボタンがあるだろ！」

隣にいたアキトが立ち上がり、叫びながら走った。

座席が格納されていく壁面にあるパネルへ向かい、そこにある赤いボタンを押す。

だが、座席は止まらない。何度も押す。止まらない。

座席は、無情に壁の中へと収まろうとし、挟まれた下半身を圧迫していく。

ぶしゃり、と血の飛沫が散る。

悲鳴が上がる。女子も男子も、みんな叫んでいる。それをアキトが一喝する。

「くそっ！　他の……他の先生を呼んでこい！」

近くにいた男子の背を叩いて走らせ、アキトは格納されていく座席に取りつき、自分の力で止めようとする。機械の力に敵うわけないとわかっているはずなのに、彼は必死の形相で、止めようとする。

僕はそれを、冷たい雑巾を握り締めたまま、ぼうっと眺めていた。

ごおん、ごおん……担任教師を押し潰す機械の音を、ただ聞きながら。


誰にも非のない事故だった。

強《し》いて言うなら、担任教師が注意義務を怠《おこた》ったことか。

しかし、彼は死んでしまった。座席の下に落ちていたゴミを拾おうとして、そのまま座席を支えるフレームと壁の間に挟まれて、圧死した。責任は問えない。

アキトが押した緊急停止ボタンが動作しなかった原因もわかっていない。先生の遺体が運び出されたあと、警察が現場検証の際に試したときは問題なく動作し、座席は動きを止めたという話だ。

「君たちにはなんの責任もない」

僕らのクラスに来て、事情を説明した教頭先生は、その言葉を繰り返した。

そうだ。責任はない。僕以外の生徒には。

先生が死んだのは、僕が不幸を避けたせいだ。僕が被るはずだった死という不幸が、先生一人に降りかかった結果だ。

教頭先生は、生徒たちの動揺を鑑《かんが》みて、明日も休校になることを告げ、最後にまた同じ言葉を繰り返し、教室から出て行った。

「……ナツヒコ。よかったら、駅まで一緒に行かないか」

疲れた様子のアキトに誘われ、二人で帰ることにした。

アキトは憔悴《しょうすい》しきっていた。もう、笑顔すら浮かべられないほどに。

「手、大丈夫？」

バスの車内で、僕は包帯の巻かれたアキトの手を見ながら言った。

先生を助けようとしたとき、アキトは両手に怪我をしていた。

「ん。平気だよ。ちょっと切っただけなのに、大袈裟なんだよな」

おどけて手を振る仕草にも、元気がない。

少し沈黙の間が空き、窓の外をぼうっと見ながら、アキトは言う。

「……いい先生、だったよな」

だった、と過去形の言葉を口にするのに、アキトが躊躇うのがわかった。

「ちょっと頼りないとこもあったけど、変に真面目でさ」

「うん……」

「でも、もう……いないんだよな」

アキトは自分の手をじっと見つめる。

もしも、アキトが先生の死に責任を感じているとしたら、それは僕のせいだ。先生を死なせたことだけじゃなく、クラスのみんなを傷つけてしまったのも、僕のせい。

罪悪感に胸を締め付けられる。心臓が止まってしまいそうなほど、強く。

そして同時に、恐ろしくなる。

アキトは知っている。僕が周りの人に不幸を振りまいていることを。自分可愛さで周りの人たちを不幸にしていることを。今回のことだって、僕が不幸を避けたせいで起きた事故だと気づいているんじゃないのか。

もし、アキトに責められたら。お前のせいで先生が死んだと、詰《なじ》られたら。

僕は、また支えを失って、倒れてしまう……。

バスに揺られている間、僕は怯えて、隣のアキトの顔を見られなかった。

しかし、駅に着くと、アキトは精一杯と思える笑顔を浮かべて、

「じゃあな、ナツヒコ。また明日……じゃない、明後日にな！」

手を振りながら駅舎の中へと消えていった。

僕の中で、罪悪感がより一層、大きく重くなった。


死の未来予知……いや、これはもう、死の宣告と呼ぶべきか。

無論、僕にではなく、僕の身近な人への宣告だ。

『明日、家に放火されて焼死する。玄関先の古雑誌を片付けておくこと』

何かがおかしい、という疑問さえ湧かなかった。

もしかすると、この連続する死の宣告こそが代償なのではないか。今まで避けた不幸が巡り巡って僕に返ってきているような、そんな気がする。

だが、まとまって肥大化した不幸さえ僕は避けてしまって、周りの人がそれを負い、さらに大きな不幸となって、また僕のところに戻ってくる。

永遠に続く不幸の輪廻《りんね》。

いつか、そんな輪廻を断ち切るべく、報復の使徒が現れ、僕を殺すのだ。イカサマを続ける僕に、罰を下すのだ。

けれど、それさえ、神様に教わったイカサマなら、避けてしまえる。

僕自身がカードを捨てるか、不幸を避けるのを辞めない限り、輪廻は終わらない。

「……はは、ははは」

面白い想像だ。自分の想像に、僕は笑って。

翌朝、お祖父さんが玄関先に置いていた古雑誌を、自分の部屋に運んだ。

夜になって、部の後輩が他殺体で発見されたと、部長から電話があった。

葬式の日取りだけを訊き、僕は自室に戻り、カードをめくる。

当たり前のように、死の未来予知が浮かんでいた。

罪悪の円環は、巡り続ける。

土曜と日曜、二日間の休日を挟み、月曜日の朝。

教室に一歩入ると、クラスメイトたちの視線が突き刺さるのがわかった。

不思議に思いながらも席に着くと、近くにいた女子のグループの一人が、聞こえよがしに「死神」と呟いた。視線を向けると、露骨に顔を逸らされた。

なるほど、と僕は納得する。

ほんの一、二週間で、恋人が死に、妹が怪我をし、交流のあった人たちのことごとくが、火事に遭ったり、大怪我をしたり、圧死したりして、その上、最新のトピックでは殺人まで起きた。流石に浅井次郎のことまでは知らないだろうけれど、ここまで周囲の人間を不幸にしまくれば、それは陰口の一つも叩かれて仕方がない。

休日の間も死の予知は続いていた。代償に、隣の家に住む面倒見のいいオバサンと、母方の伯父が急死した。今日も僕は死ぬ予定になっている。それを避ける予定にもなっているから、また誰かが死ぬのだろう。

なるほど、ともう一度頷く。

振り返ってみるまでもなく、確かに僕は立派な死神だ。

クラスメイトだけではなく、臨時で担任となった元副担任の教師まで、あからさまに僕を避けるのがわかった。マトモに会話してくれたのは、アキトだけ。

僕の居場所が消えていく。

いや、いるべきではないんだ、本当は。

カードを捨てられない限り、僕は周りの人を不幸にしてしまう。カードを捨てられないなら、僕は誰とも関わるべきではない。

そうだ。僕は、ここにいてはいけない人間なんだ——。


授業が終わり、帰り支度をしていると、携帯電話が鳴った。

公衆電話からだった。出ると、椛の声がした。

「……お祖父ちゃんが、倒れた」

僕は目を瞑《みは》り、顔を天井に向けた。

それから大きく息を吸い、ゆっくりと吐いてから、言った。

「どこの病院？」

「……前に、私が運ばれたとこ」

「わかった。すぐ行く」

「……本当に？」

「ああ、今度こそ、本当にすぐだ」

「……待ってる」

電話越しでも、椛が泣くのを堪えているのがわかった。


病院に着くと、椛は看護師さんに付き添われて待合室にいた。

僕の姿を認めると一目散に抱きついてきて、椛は声を殺して泣いた。

看護師さんに案内されたのは、救急救命室だった。扉の前の廊下にベンチが置かれていて、そこに悄然としたお祖母さんが座っていた。その姿に、一瞬、警察署の地下で見たソラの両親の姿が重なり、僕はそれを振り払った。

お祖母さんは泣いていなかった。そして、しっかりとした口調で、お祖父さんが病院に運ばれた経緯を説明していくれた。

お祖父さんの年齢は六十五歳。普通なら定年だが、二十代の頃から奉職していた会社に請われ、今でも嘱託職員として働いている。職場で一仕事終えた直後に、突然倒れたのだという。救急隊員の話では、脳梗塞との疑いが強いらしい。

僕と椛はお祖母さんの隣に座り、ひたすら待った。

やがて、日が沈みきった頃に、救急救命室から医者が出てきた。手術着、というのだろうか、そういう格好をしていて、額に汗が浮いている。

「ひとまず容態は安定しました」

と、医者が言い、僕と椛と祖母は揃って深く息を吐いた。

体中が強張っていたことに、今気づいた。

「これからＩＣＵ——集中治療室へ移送します。その前に、短い時間なら面会することもできますが、どうしますか？」

ただし意識はまだ戻っていない、と医者は言い添えた。

お祖母さんは僕と椛のほうを見て少し躊躇ったようだが、僕の手を握る椛が強く頷くのを見て、面会を希望する旨を医者に伝えた。

僕たちは医者と同じ手術着のような服を着て、救急救命室に入った。

雑然とした部屋のベッドに横たわるお祖父さんを見て、僕は息を呑んだ。

体は何本もの管を介して機械に繋がれている。顔色は青白く、生気がない。本当に生きているんですか、とすぐ横の医者を問い詰めたいくらいだ。お祖父さんが生きている証は、今やベッドの横に置かれた機械に表示される心電図しかない。

ショックを受けたのは椛も同じだったようで、僕の腕にしがみつき、真っ赤に泣きはらした目からは、また涙が溢れていた。

「お祖父さん……」

顔と同じくらいに白い、お祖父さんの手を取り、お祖母さんが言う。

「きっと、元気になってくださいね。頑張って……」

答えはない。だが、お祖母さんは微笑みながら、声をかける。

その光景が、歪む。僕の目にも、涙が溜まっているのだ。

「……お祖父ちゃん、大丈夫、だよね」

「うん。大丈夫」

椛の涙声に、はっきりと答える。

心の奥で、白々しいなぁ、と嘲笑《あざわら》う自分の存在を感じた。

そうだ。僕に泣く資格はない。椛を慰める資格だって、ない。
お祖父さんは、僕が避けた不幸を代わりに被って不幸になった。
次は誰だ？　椛か？　アキトか？　お祖母さんか？　ソラの両親か？
——僕は、次に誰を殺す？
罪悪感が、僕をせっつく。
お祖父さんの命を支える機械の音を遠くに聞きながら、僕は思った。
もう、ここにはいられない——。

幕間　【ぼくらの報復政策】

彼は何度も私を殴る。

私が役目を果たせていないから。

私が、彼女を殺したあの少年を、殺せないから。

「役立たずが」

彼は私に馬乗りになっている。

私の顔に叩きつけられのは、彼の拳ではなく、リビングに飾られていたトロフィー。

「殺せと言っているのに」

確か、彼がサッカーとやらの大会で優勝したときにもらったと聞いた。

「あのイカサマ野郎を、殺すんだよ」

彼が腕を振り下ろすたび、私の血が飛散する。

飛沫がトロフィーにかかり、栄光を表す金色の塗装が、赤く塗り潰される。

「報いを与えろ。アイツに相応しい、死の報いを」

彼は無表情で、機械的に私を殴り続けた。

役目を果たせない私を、ひたすらに殴り続けた。

壊れかけているのは、どちらだろうか。

殴られている私か。殴っている彼か。

おそらく、どちらもだろう。

彼の命じるままに、私は少年への報復を実行しようとした。

少年を取り巻く全ての確率を操り、速《すみ》やかな死を押しつけようと。

だが、上手くいかない。

少年は私の与えた死を、ことごとく避けた。

誰かが私の改変した確率を上塗りし、少年を死から遠ざけている。

一体、誰が？

などと、問う必要もなく、私は確信している。

私の能力を超えられる存在など、一人……いや、一つしかない。

創造主。

あの〝匣〟の中に棲む者が、少年を守っている。

彼が言うには、少年は未来予知の能力を持っているという。

それは間違いなく、創造主の与えた能力だ。故に、私の能力を超える。

創造主に守られている限り、少年は殺せない。


「それなら、ソイツも壊せ」


彼は言う。両目を爛々《らんらん》と輝かせて。

私に、私を創った者を壊せると思うのか。

「壊せないのか？　お前は、俺の願いを叶えてくれるのだろう？」

彼は口元を奇妙に歪ませた。

数秒ほど見つめて、ようやく、笑っているのだと気づいた。
尋常な人間が浮かべる表情ではない。彼はやはり、壊れかけているのか。
未だ癒えぬ悲しみ。少年への憎しみ。
私には理解できない二つの感情が、彼を壊そうとしているのか。
ならば私は、彼の願いを叶えなくてはならない。
彼の心が壊れてしまっては、いけない。
かつて私が願いを叶えた人間たちのように、破滅へと至らせては、いけない。
何故か、そう思う。
今までは思わなかったことを、思う。
不変のはずの自分が、変わっていくのを感じる。

私は、彼の願いを……叶えたい。

彼が与えてくれた部屋に向かう。
彼が与えてくれた衣服の上から、闇のように黒い衣を羽織る。
彼が与えてくれた髪ゴムを解き、結っていた髪を下ろす。
彼が与えてくれた化粧台の鏡に、自分の姿を写す。
そこには、絵本に描かれる死神のような少女が、一人、佇《たたず》んでいた。

創造主の居場所を知覚することはできない。

だが、創造主の守る少年を害そうとすれば、姿を現す可能性はある。
どちらにせよ、少年を殺すことは彼の願いなのだから、構わない。
これからすべきことを再確認し、私は部屋の窓から、夜の闇に身を躍らせた。
私は人の願いを叶えるモノ。
ただ、それだけのモノ。
それだけのモノであるために、創造主をも壊すモノ。

第６章【明日、雨は降るかな】

もう、ここにはいられない。

僕は祖父母の家を出ようと決意した。

未知の明日が怖い。死ぬのも怖い。だけど、大切な人が不幸になるのも怖い。

だから逃げるんだ。僕の不幸に、大切な人を巻き込まない場所へ。


椛とお祖母さんを病院に残し、僕は一度家に帰った。

時刻は午後七時を回っている。いつもなら四人で食卓を囲んでいる時間だが、家の中は冷たく静まりかえっていた。

二階へ上がり、家を出るための準備をする。

押し入れの中からショルダーバッグを取り出し、最低限の衣類を詰め込む。冬物の衣類は嵩《かさ》張るので除いた。寒さはコートで凌《しの》ぐしかないだろう。他に入れる物と言えば財布ぐらいだ。携帯電話は置いていくことにした。

コートを羽織り、最後に通学用の鞄からカードを取り出し、ポケットに入れる。

この期《ご》に及んでも僕はカードを手放せない。

それから、文机の鍵つきの引き出しを開け、銀行の預金通帳を取り出す。両親が遺してくれた財産と保険金が、手つかずのまま貯金してある。祖父母がくれた小遣いも、ほとんど手をつけずに、同じ口座に預けてあった。

通帳を開いて残高を確認し、同じ引き出しにしまっていた印鑑と一緒に一階の居間のテーブルに置いておく。暗証番号を記したメモも、忘れずに。

お祖父さんの治療費の足しくらいにはなるだろう。

居間に立ち尽くし、しばし、この家で過ごした七年間を想う。

祖父母には感謝してもしきれない。ソラだけではない、僕は大勢の人に支えてもらって今日まで生きてきた。その恩に報いることもせず、それどころか不幸をなすりつけてきた自分が情けなくて、恥ずかしくて、申し訳なかった。

この逃避行が、大切な人を守るためだ、などとは口が裂けても言えない。

僕は、みんなを裏切り、自分のためだけに、逃げるんだ。

玄関へと向かい、靴を履いてバッグを担ぎ、引き戸に手をかける。

数秒、躊躇い、思い出を振り切るように戸を開く。十二月の冷たい風が、僕を責めるように吹き込んできた。

外に出て鍵をかけ、家に背を向けて歩き出す。

僕は一度も振り返らずに、ひたすら歩いた。

◆

行く当てもなく、ただ住み慣れた街から遠ざかろうと歩き続ける。

交差点で、いつもとは逆の方向へ曲がった。夜中には絶対に通らない、変質者が出るという道を歩いた。見覚えのない景色だけを求めて、ただただ、歩いた。

バスや電車に乗る気にはなれない。人のいるところへは行きたくなかった。少しでも関われば、その誰かも僕のせいで不幸にしてしまうかもしれないから。

——今頃、椛はどうしているだろう。

赤信号で足を止める度、そんな想像が頭を掠《かす》める。

——病院に戻らない僕を不審がっているだろうか。

——携帯電話にも出ないから、家に帰って、居間の通帳を見つけた頃か。

頭を振って、想像を追い出す。そしてまた、歩き出す。

ただ前だけを見て歩いていれば、何も考えずに済む。

どれほどの時間が経っただろう。いつしか街の雑踏は遠のき、街灯も疎《まば》らな寂しい道を僕は歩いていた。下を向けば地面はアスファルトではなく、レンガ敷き。近くにある街灯から発する、ジジジ、という音だけがやけに大きく聞こえた。

「……？」

違和感を覚え、僕は顔を上げた。

この道には、来たことがある。敷かれたレンガの色のパターンに、見覚えがある。

グルリと辺りを見渡す。道の片側には真新しい住宅が建ち並んでいて、その反対側は壁。上の部分が波打った、どこかメルヘンチックなデザインの壁が続いてる。

そして、頭上を見上げ、それが目に入った。

「……ははは」

思わず、苦笑する。

夜の闇の中でもはっきりとわかる大きな影。

それは、観覧車だった。

北平川町のランドマークでもある、北平川こども遊園地の巨大な観覧車。

偶然か、それとも無意識のうちに観覧車の影を追いかけていたのか、僕はソラや両親との思い出の場所へ来てしまっていた。

今いる道は、遊園地を囲う遊歩道か。壁の向こう、閉園し明かりを落とした遊園地は、ひっそりと静まりかえっていて、明るい音楽の流れる昼間とのギャップに、ちょっと不気味さすら感じられた。

嘆息し、腕時計を見る。午後十一時を回っていた。家を出てから、三時間と少しが経っている。時間経過を意識すると、途端に歩き続けた足の重さを感じた。

午後十一時。カードに明日の予知が浮かぶ時間だ。

僕はコートのポケットからカードを取り出す。ほとんど反射的な動作だった。この時間帯にカードを確認するのは、もう習慣の一部となっていた。

街灯の明かりに照らして見たカードには、こう書かれていた。


『明日、ルマに殺される。マキちゃんを庇ってはいけない』


死の予知にも、今さら動揺はしない。だが、疑問を感じた。

「マキちゃんを、庇う？　……ルマ？」

ルマ。ルマちゃん。マキちゃんが探しているという何かのことか。

それが、僕を殺す？　なんのために？　僕はルマが何かも知らないのに？　マキちゃんを庇うな、ということは、ルマが殺そうとしているのはマキちゃんか？

「駄目だ……わからない」

わかるのは、僕はまたマキちゃんに出会うことになる、ということ。

そのときに、何があっても彼女を庇ってはいけない、ということ。

その二点だけを確認し、僕はカードをポケットに戻した。


「―――」


それは唐突に現れた。

音もなく、気配もなく、まるで最初からそこにいたと言わんばかりに。

何か言葉を発したような気もする。だが、よく聞き取れなかった。

「……っ？」

息を呑み、後ずさる。

僕の目の前に現れたそれは、少女の姿をしていた。

年は中学生くらい、だろうか。黒いローブのような服が全身を覆っている。反対に髪の毛は白い。それも、地面に擦りそうなほどの長さがある。顔や首、手足、ローブから露出している体も、病気かと思うほど肌が白い。夜の闇の中だと白い部分ばかりが目立ち、顔と手足だけが暗闇に浮いているようにも見えた。

僕の目は、少女の顔に釘付けになる。

顔立ちは整っている。作り物みたいな美形だ。

しかし、まるで死人の顔にしか見えない。肌の白さと、何より生気のない瞳。黒い絵の具で丸く塗り潰しただけのような瞳が、世界の全てに絶望しているような無表情が、少女を生きている人間だと感じさせない。

変だ。この少女は何かおかしい。

決定的な違和感に、僕はさらに一歩、後ずさる。

ジトリとした少女の半眼が、僕を見上げる。

「君は、なんだ……？」

喘《あえ》ぐような声を出し、僕は少女に問うた。

「私は――」

答えた少女の声は幼げで、けれどどこか、機械的。

「私は、人の願いを叶えるモノ。ただ、それだけのモノ」

「願い……？」

「そう。だから、彼の願いを叶えなくてはならない」

感情のこもらない顔と声で言い、少女は、ゆるやかに右手を上げた。

肩の真横に伸びた白い右腕。その先の、小さく華奢な右手。それが、揺れる。一瞬だけブレたように見え、次の瞬間には、右手に白い棒が握られていた。

「彼の願い。それは、報い」

少女の身長ほどもある白い棒の先には、刃が取り付けられている。

弧を描いた、三日月のような白刃。

巨大な鎌だ。死神が構える、人の命を刈り取るための、鎌。

「全ての人に、相応しい報いを。全ての人に、相応しい位を」

呟きながら、少女が一歩、足を踏み出す。

僕と少女の距離は、少女の足で五歩くらい。一息で詰め寄り、僕の首を鎌ではねられてもおかしくない距離。

「君は、僕を殺しに来たの？」

「そう。私は、貴方を殺しに来た」

無感情な肯定に、僕は驚かなかった。

相応しい報い。少女は僕に、それを与えに来たのだろう。自分の幸せのために、他人を犠牲にしてきた罪深い僕は、報復に命を奪われるほどの罪人なのかもしれない。

この少女は本当に死神なんだ、と僕は思った。

「善には善を、悪には悪を、死には死を以て、報いを」

少女がさらに一歩踏み出し、鎌を持つ右腕を後ろに引いた。

あの鎌が振りきられれば、僕の首は跳ねられ、命を刈り取られるのだろう。

僕は黙って、目を閉じた。

仕方がない。殺されても仕方がないんだ。僕は多くの人を殺してしまった。僕のせいで、死ななくてもいい人が死んでしまった。その罪は、きっと、少女が言っているように、僕自身の死をもってしか、償えない。

そう思って、目を閉じたのに。

――イヤだ。死にたくない。

瞼の裏に、事切れた両親の姿が浮かぶ。圧死した先生の姿も浮かぶ。

そこに、僕自身の姿が重なって、僕もああなるのだという想像が駆け巡って。

「あ……ああっ……！」

爆発的に膨れあがった恐怖に、僕は腰を抜かして、地面に座り込んだ。

直後、僕の頭上を、少女の振った鎌が掠める。風切り音を立てて振り抜かれた鎌は、僕の横にあった街灯にぶつかり、それを容易く切断した。

地面に激突した街灯が、大きな音を立て、ガラスの破片をばらまいた。

「ひっ……ひぃ…………！」

少女が僕を見下ろす。無感情な黒い瞳。だけど、責められているような、蔑《さげす》まれているような。

——死にたくない。

全身から汗が噴き出す。両足がガクガクと震える。

——死にたくない。

少女が再び、死神の鎌を振り上げる。白刃が、月明かりに煌《きら》めく。

——死にたくない！

「う、う……うわあああああっ！」

僕は遮二無二《しゃにむに》立ち上がり、這々《ほうほう》の体《てい》で逃げ出した。

重い鞄を投げ捨て、泣きながら遊歩道を全力で走る。

振り向くと、後ろから、少女が追いかけてくるのが見えた。闇に浮いているように見える顔と手足が不気味で、まるで死そのものを具現しているかのように思えた。

近くの民家に助けを求めるなんてこと思いもつかず、僕は走った。

やがて、道の先に、壁が少し低くなっている部分を見つけた。後先も考えず、僕はそこに取りつき、必死に壁をよじ登って、遊園地の敷地へ逃げ込む。

壁から降りるときに打ち付けた腰が痛んだが、構わず走る。

遊園地の中は真っ暗だった。動きを止めた遊具たちが、暗闇に体を横たわらせた、巨大で奇怪な生物のような影を落としている。

僕はとにかく暗闇を求めて走った。隠れなくてはいけないと思ったからだ。やりすごさなくては、死神の少女を、僕に報いを迫る死そのものを。しばらく走って人に助けを求めればよかったことに思い至ったが、もう遅い。振り返れば、少女は壁を軽々と飛び越え、僕だけを見ながら追ってくる。

「助けてっ……死にたくない……誰かっ……！」

荒い息に混じって、助けを請う言葉が口から漏れた。

コーヒーカップの横を擦り抜け、メリーゴーラウンドを回り込み、ひた走る。

背後の少女は、足音も立てず、次第に距離を詰めてくる。信じられないほど足が速い。やっぱりアレは人間じゃない。

——じゃあ、なんだ？

そんな疑問が頭を過《よ》ぎったとき、目の前に観覧車があった。

ゴンドラをぶら下げた大きな円が、通行止めのマークに見える。ソラとの思い出が蘇り、彼女を殺したのも自分だと思い出して、ソラが僕の逃げ場を奪おうとしているのではないかという想像が頭を過ぎり、

「……あっ!?」

足がもつれて、観覧車の足元で、僕は激しく転倒した。

「うぅ……ぐっ…………！」

したたかに打ち付けた足が痛み、呻き声が出た。

地面で無様に蹲《うずくま》る僕に、鎌を携《たずさ》えた少女は、ゆっくりと近づいてくる。

死が、ゆっくりと近づいてくる。

「イヤだ……イヤだ……！」

現実から逃れるように、僕は強く目を瞑《つむ》った。


「やっと見つけたよー。久しぶりだねー、ルマちゃん」


マキちゃんの声がして、僕は目を開けた。

赤っぽいショートカット、白と黒の不思議な服、僕にカードを与えてくれた、自称・神のマキちゃんが、僕と少女の間に立っていた。

「マキ、ちゃん……？」

「あ、ナツヒコ。ほら、やっぱりナツヒコの近くにいたじゃん」

振り返って言うマキちゃんは、口を尖らせて不満げな表情をしていた。

暗くてわかりづらいが、世界はモノクロになっている。それだけじゃない。風がやんでいる。腕時計を見ると、秒針が動いていない。時間が止まっていた。

白黒に静止した世界の中で、僕と、マキちゃんと、少女だけが、色鮮やか。

「ルマちゃんって……まさか……？」

「そうだよ。紹介するね。あの子がルマちゃん。わたしの探してた子だよ」

マキちゃんは、ビッと少女を指差した。

ルマちゃん。ルマ。あの少女が。じゃあ、さっき見た未来予知に書かれていた僕を殺すルマというのは、彼女のことだったのか。

「貴女は……私を創ったモノ」

　少女——ルマの生気ない瞳は、マキちゃんに向けられていた。

「そして、彼の願いを阻むモノか」

「ははむ？　わたしがー？　……ああ、そっか。ナツヒコにあげたカードのことだね。ルマちゃんの力じゃ、あれを超えられないんだ？」

「願いの成就を阻むモノは、排除しなくてはならない」

「へぇ。わたしを、ルマちゃんが？　面白いね。それも彼の願い？」

会話の間中、マキちゃんはコロコロと表情を変えるのに、ルマのほうは瞬きすらしない。動くのは唇と、油断のない構えに変わった体だけ。

「私は人の願いを叶えるモノ。そのために必要なことは全てする」

「ふぅん。なんか、つまんないなー。自分で創っておいてなんだけど、もっと面白いことしようって思わないの？」

僕は地面に横たわり、話について行けずにいた。口を挟める雰囲気でもない。

「ナツヒコも、そう思うでしょ？」

「え……いや、僕は」

急に話を振られても、何がなんだかわからない。

「だってさー、折角創ったんだし、面白く生きてほしいじゃない？　親心？」

「……その子は、マキちゃんが創ったの？」

「うん。願われたからね。わたしがほしいって」

「え……？」

「だから、願われたんだよ。誰だったかは覚えてないけど、自分にもわたしみたいな『願いを叶えてくれるモノ』がほしいって。それで、ルマちゃんを創ってあげたんだ」

マキちゃんはカラカラと笑う。

ルマは、それを感情のこもらない瞳で、ただ見つめている。

「マキちゃんのコピーが、ルマ……？」

「違う違う。わたしと同じのを創ったって面白くないじゃない。願いを叶える力はそのままに、他は全部、わたしの反対にしたんだ。性格とか、考え方とか、言葉遣いとか。ああ、あと見た目は同じにしたんだけどねー」

「同じ？　どこが？」

僕はマキちゃんとルマを見比べた。服装や髪型の違いもあるだろうが、全然似ても似つかないように見える。

「うーん……ルマちゃんってちょっと暗いからねー。野暮ったい髪の毛切って、色染めて、わたしみたいにニコーって笑えば、くりそつなんだよ」

暗い上に野暮ったい。そう言われたルマは、やはり無表情だった。

「私が貴女に似ていようといまいと、私には意味がない」

「えー？　まーたつまんないこと言うー……。双子ごっことかしようよー。服を交換したりしてさー」

むぅ、と口を尖らせるマキちゃんに、無表情のルマ。

どう見ても、似ていない。

「意味があること。それは彼の願いを果たすこと」

ルマが、鎌を構え直した。その切っ先は、明らかにマキちゃんを狙っている。

「ふぅん。健気《けなげ》だねぇ」

凶器と殺意を向けられているというのに、マキちゃんは特に気にした風でもなく、つまらなそうに前髪を弄《いじ》る。

マキちゃんとルマの類似点はともかく、ルマが人の願いを叶えるために生まれたことと、そのために今、僕の命を狙い、僕を殺すためにマキちゃんを排除しようとしているということは理解できた。しかし、

「誰が願ったんだ、そんなこと」

僕は立ち上がってルマを見た。死んだような目の少女は、何も答えない。

僕を殺そうと願う人間に心当たりがないと言えば、それは嘘だ。僕が周囲の人に死を押しつけてきたことを考えれば、誰かに恨みを抱かれたって文句は言えない。

だけど、それを知っている人間なんて……。

——違う。彼じゃない。

カードのことを知る、たった一人の友人の顔が脳裏に浮かび、僕はすぐ、それを振り払った。

「マキちゃんは、知ってるの……？」

神様と自称する彼女なら、僕を殺したいと願うのが誰か知っているのでは？

僕とルマの間に立っているマキちゃんは、ついと振り返り、言う。

「知りたい？」

悪戯っぽい笑みの彼女に、僕は頷く。

「じゃあ、三択クイズね！」

「……は？」

「次の三つのうち、正解はどれでしょう！　当たったら豪華ハワイ旅行をプレゼントしちゃうよ！　わあ、すごい！」

わけがわからない。

マキちゃんは三本の指を立てた手をグイと突き出し、満面の笑み。

「一番！　ナツヒコの妹、椛ちゃん！　二番！　ナツヒコの友達、アキト君！　三番！　ナツヒコの先輩、ボードゲーム部の部長さん！　四番！　実は生きていた、ナツヒコん家の隣に住んでるオバサン！　さあ、どれだ!?」

「いや、それ、四択になってるから……」

どこまでも、ふざけている。

暗に教える気はないと言っているのか、それとも天然なのか。

「ほらほら、あと十秒しかないよ！」

肩を落とす僕とは真逆に、満面の笑みで僕を急《せ》かすマキちゃん。

その向こうに。

マキちゃんの背後に、白い影が踊るのを、僕は見た。

「ま、マキちゃん！　後ろ！」

「へ？」

振り返るマキちゃん。

その眼前に、巨大な鎌を振り上げたルマが、迫っていた。

「彼の願いを叶える。そのために、障害を取り除く」

ルマの呟きが、やけにはっきりと聞こえた。

マキちゃんは、呆けているのか動かない。

白刃が煌めく。マキちゃんの細い首を狙って、振り下ろされる。

「――――っ！」

僕は何かを叫んだような気がする。

誰かの名前だったと思うけれど、よくわからない。

気がつくと、僕はマキちゃんの前で両手を広げていて。

マキちゃんの首を狙っていた鎌は軌道を変え、僕のお腹辺りを引き裂いて。

鮮血が飛び散った。

◆

――なんでこんなことをしているんだろう？

全てがスローモーションに見える。夜を舞う血飛沫《しぶき》も、僕を切りつけた鎌の動きも、大きく振り乱されたルマの白髪も、世界が海の中に没してしまったかのように、全ての動きが緩やかだ。

そんな中で、ルマの表情だけが、動いていない。

――なんでこんなことをしているんだろう？

そう、繰り返し思う。

わかっていたはずなのに。マキちゃんを庇えば自分が死ぬということは。

未来予知は絶対。死を恐れるなら、カードに従うべきだったのに。

時間が緩慢に流れる世界で、僕はゆっくりと膝をついた。首がガクンと揺れ、白黒の星空と、レンガ敷きの地面が連続で見えた。

——僕は、何を叫んだんだろう？

確か、マキちゃんの名を叫んだような気がする。

マキちゃんを庇おうとしたんだから、それが一番普通だろう。

でも、心の中では別の名前を叫んでいた。

多分、ソラの名を。

庇いたかったな、と思う。

ホームから落ちそうになったソラの手を引いて、代わりに僕が落ちることになったとしても、ソラを助けたかった。

——ああ、そうか。僕は贖罪《しょくざい》したかったんだ。

マキちゃんを庇ったところで、ソラを死なせた罪を償えるわけ、ないのに。

馬鹿だなぁ。本当に、馬鹿だ……。

僕が地面に倒れ込むと同時に、世界は元の速度を取り戻した。

「ちょっ、ナツヒコ？」

驚きに満ちたマキちゃんの声。

ルマが軽やかに後退するのが見えた。

「……あぁ…………」

口から溜め息が漏れた。

鎌に裂かれた腹部から、大量の血が流れ出しているのがわかる。だが、不思議と痛みはなく、傷口の辺りに熱を感じ、ジンジンと痺れているような感覚があった。

「うわ、やだ、ナツヒコ。お腹の中身、出ちゃってるよ？」

「そういうこと……言わないでよ……」

マキちゃんの間抜けな指摘に、ついツッコミを入れた。

意外なほど冷静な自分に気づく。痛みがなくて、実感が薄いせいかもしれない。

「――報いは与えた。しかし、彼の願いは、まだ」

ルマが鎌を構え直す。

まだ、なのか。彼女の目的は、他に何がある。

「彼女の死を生んだ原因。そして、この先、彼の願いを阻む可能性のあるモノを、放置するわけにはいかない」

「あれれー？　もしかして、それってマキちゃんのこと？」

僕の横にしゃがみ、傷口からはみ出た中身を指でツンツンしていたマキちゃんが、遊びを中断し、立ち上がりながら言った。

「なるほどねー。そんなにイヤだったんだ？　カードの力で報復の邪魔されるの」

ルマは答えない。

「……つまんないの」

吐き捨てるように言ったマキちゃんの目に、鈍い光が宿る。

いつの間にか、彼女の手に、チェスの駒のような物が握られていた。

「折角また会えたんだし、たくさん遊ぼーと思ってたけど……」

夜の中にあっても尚黒い駒が、一気に巨大化し、形を変える。

「つまんない子と遊んでも、つまんないんだよ」

駒が変じたのは、ルマが携えている物に似た、大きな鎌だった。

しかし、明らかに違う。

ルマのそれより遥かに大きく、柄も刃も漆黒で、美術品のように精緻《せいち》な彫刻が至る所に彫り込まれており、何より……目に見えて禍々《まがまが》しいオーラを放っていた。

見ているだけで目が爛《ただ》れそうな、近くにいるだけで心が腐りそうな。

瘴気《しょうき》とでも呼ぶべきオーラが、鎌を、そしてマキちゃんを包み込んでいる。

「ねぇ……ルマちゃん？」

別人のような声音。心臓が凍り付きそうな、冷たい声。

ルマが数歩、ズッと後ずさる。彼女の足音を初めて聞いた。顔は無表情だが、恐ろしい鎌とマキちゃんの豹変に、戦慄しているのがわかった。

「全ての人に相応しい報いをって……カッコイイよね。じゃあさ、わたしにも与えられるかなぁ？　相応しい報いを」

妖艶な笑みを浮かべ、マキちゃんは舌舐めずり。

「ちょうだいよ、ルマちゃん。わたしにも、報復を」

「……っ！」

ルマが弾かれたように後方へ跳躍した。

マキちゃんが鎌を振り上げる。だが、それには目もくれず、ルマは現れたときと同じように、夜に溶け込むようにして消えた。

「……あーあ。行っちゃった。段々ノッてきたとこなのに……」

ショボン、という顔をして、マキちゃんは鎌を下ろす。

すると、禍々しい鎌は、音もなく元の駒へと戻り、虚空へ消え去った。

「は……ははは……」

マキちゃんの落差に、僕は笑うしかなかったのだが、腹を割かれているせいか、上手く笑うことはできなかった。

「ん？　ナツヒコ、まだ生きてたんだ？」

酷《ひど》いことを言いながら、マキちゃんは僕の横でしゃがんだ。

そしてまた、僕の中身をツンツンする。黒い手袋は、血が染みても変色しない。

「ナツヒコはさぁ……」

マキちゃんは僕の目を見た。澄んだ瞳だ。

「なんで、わたしのこと庇ったりしたの？」

「……自分でも、よくわからないんだ……」

半分は嘘。半分は本当。

ソラへの贖罪。それが本心なのか、確信が持てないでいる。

「変なの。自分じゃない人のことなんて、放っておけばいいのに」

マキちゃんは、首を傾げ、不思議そうな顔をした。

これは多分、全部が本当。マキちゃんは、他人の大切さがわからないんだ。

マキちゃんは神様で、神様は人間と違って完璧だから、他人は要らない。

「……人間は、自分だけじゃ、生きられないんだ」

喉が熱い。腹の奥から上がってきた血を、口の端から流し、僕は言葉を紡ぐ。

「少なくとも、僕は、生きられなかった……たくさんの人に、支えられてた……家族とか、友達とか……それに、恋人、にも」

「不完全だね。だから願うのかな」

「そう、だと思う。……でも、それだけじゃなくて、大切、なんだ」

「自分じゃないのが、大切なの？」

「うん……だから、失うと、辛い……自分がわからなくなってしまうくらい、悲しくて、寂しくて、だから、僕は……勘違いをしてしまった……」

「……ナツヒコは、わたしに願ったこと、後悔してる」

マキちゃんは僕の心を読んだみたいに断言する。いや、もしかすると、本当に人の心くらいは読めてしまうのかもしれない。

「ごめんね……マキちゃんに願ったことは、僕の本心じゃなかった……本当は、大切な人たちがそばにいてくれるだけで、よかったんだ……僕は、その人たちを失うのを恐れすぎて、だから、間違えちゃったんだ……」

やり直せれば、と思う。

人生をリセットして、マキちゃんに願う直前にまで戻りたいと。

ここから消えたい、とも思った。

周りを不幸にするくらいなら、姿を消して、誰とも関わらずに生きたいと。

願いはいくつでもある。だけど、その全ては、多分、間違っている。

本当に願うべきは、一つだけ。

「僕は……幸せになりたかった……」

毎日を平穏に暮らせたからって、幸せになれるわけでは、ない。

たったそれだけのことを学ぶのに、僕は多くを犠牲にしてしまった。

マキちゃんは、しばし考え込み、やがて、

「……やっぱりわからないや」

つまらなさそうに、そう言った。

そのマキちゃんの表情がおかしくて、僕は少し、笑った。

「ナツヒコ。そろそろ死んじゃうよ。大丈夫？」

「……うん。大丈夫かは、わからない、けど……」

マキちゃんの言うとおり、意識が遠のくのを感じた。

人は死の間際に過去の出来事を思い返すというけど、僕は何も思い出せなかった。

「カード、汚れちゃったね。もう使えないや」

コートのポケットからマキちゃんが引っ張り出したカードは、僕の血に塗《まみ》れて、何が書かれているのか判別できなくなっていた。

これでもう、誰も不幸にせずに済む。代わりに、僕が不幸になるだけだ。

マキちゃんが僕の顔を覗き込みながら、言う。

「アナタは何を願う？　生きること？」

僕はそれを願い続けてきた。だが、ずっと恐れてきたはずの死を目前に見据えた今、恐怖心は無く、ただ一つの願いだけが心に残った。

「……ソラに、会いたい……」

消えていく意識の中で、僕はソラの声を聞いた。

「明日、雨は降るかな？」

懐かしい声に、僕は笑顔を浮かべ、心で答える。

「さあ、未来のことなんて、わからないよ」

ソラが、笑ってくれたような気がした。

幕間【ぼくらの報復戦争】

彼の願いは叶った。

彼女を殺した少年は、死んだ。

私がこの手で、殺した。


居間に笑い声が響く。彼が笑っている。

ことの経緯を報告すると、彼は大いに喜び、祝杯をあげようと言った。

その笑顔に、私は何故か、不安を感じた。

「よくやった。よくやったなぁ……」

私を褒《ほ》めながら杯《さかずき》を傾ける彼の顔は、赤くなっていた。

「ほら、お前も飲むといい」

注がれた透明な液体に口をつける。アルコールが含まれていることに気づく。

法的には飲酒を禁じられている年齢のはずだが、彼は気にしていなかった。

「全ての人間に、相応しい報いを。ああ、これが正しい結末だ……」

初めて座ることを許された彼の隣で、私は彼の笑顔を見つめる。


これで、よかったのだろうか。

私は何か、間違いを犯したのではないか。

彼が壊れてしまうことは、本当になくなったのか。

そんな不安に、囚《とら》われる。

彼の願いは叶えられた。

私の役目は果たされた。

それが結果だ。これ以上の何を望む。

……望む？

いや、それは違う。私は何も望まない。何も願わない。

私は人ではないから。人の願いを叶えるモノだから。

あの少年を殺したのも、彼が願ったからだ。他に理由はない。ない、はずだ。

自分が混乱しているのを自覚する。

アルコールの影響など受けるはずもないのに。

私は壊れてしまったのだろうか。


「本当に、よくやってくれた」

彼は杯をテーブルに置き、私の頬に触れた。

優しく撫でられる。殴られるときとは違い、彼の体温を感じる。

「感謝しているぞ、ルマ。……だから」

彼は私の手から杯を取り上げ、それもテーブルに置いた。

そして、私の体を、丁寧にソファに横たえる。

上から覆い被さられて、彼の姿しか見えなくなる。彼の顔しか、見えない。

彼の手が、私に触れる。頬に、髪に、腕に、腰に。
顔を耳元に寄せ、彼は私に囁いた。
「明日も、よろしく」
それだけで、私の不安は消えてしまった。
これでよかったのだと、そう思えた。
私は間違えてなどいない。これからも、間違えることはない。
彼の願いを叶え続ける。自分の役目を果たし続ける。
それだけでいい。
それだけを、考えればいい。
彼の腕に抱かれて、彼の吐息に包まれて、そう確信する。

彼は私を愛してなどいないだろう。
そしておそらく、私も彼を愛してはいない。
だが、それがどうしたというのか。
今この瞬間の私は、なんの不安も感じていない。
何も考えず、何も思わず、ただのモノとしていられる。
これが、私のあるべき姿ではなかったか。
私は彼の願いを叶えるモノ。
ただ、それだけのモノ。

エピローグ

伏見ソラは、自分が不機嫌なのを自覚していた。

(我ながら、単純なものだ……)

北平川駅のホームから望める景色は、土砂降りの雨で霞んでいる。

ささくれ立つ自分の心象風景のようだと、ソラは思った。

(恋人にデートをキャンセルされた程度で、こうも揺れるとはな)

心の中だけで苦笑する。

恋人。二週間ほど前までは、ただの幼馴染みだった、紫藤ナツヒコ。

彼の顔を思い浮かべると、甘い疼《うず》きが胸に生じる。だが、同時に今は、自分でも驚くほどの苛立ちを感じた。

ソラは、都心で催《もよお》された『世界おもちゃ博』を見た帰りだった。

ナツヒコと二人で楽しむはずだった博覧会は、昨日の深夜にナツヒコからかかってきた電話一本で、まるで価値のない座興に堕《だ》したとソラは感じていた。実際、一日かけて会場を歩き回っても、微塵も楽しみを見出せなかった。

ナツヒコと恋人同士になる前だったら違ったかもしれない。

でも、今は、懇意のボードゲームメーカーの新作より、ナツヒコと一緒にすごす時間のほうが遥かに大事だと思えた。

(ナツヒコは違うのか？　私より大切なものが、他にあるというのか？)

苛立ちのあまり自己中心的な考え方になっている。ソラはそのことを自覚し、振り払うように首を振った。

人との約束を無下にするようなことを、ナツヒコはしない。デートをドタキャンしたのにも、やむにやまれぬ事情がある。それを、ソラは知っている。

(あのカード……やはり、胡散臭《うさん》い)

夢に出てきた少女に託されたという、未来予知のカード。

ナツヒコは、そのカードの予知に従ってデートをキャンセルした。

数日前、カードのことを打ち明けられたときは、カードの力でナツヒコが幸せになれるのなら、と使用を認めたが、柄にもなく浮き足立つほど楽しみにしていたデートを邪魔されれば、悪感情が生じもする。

感情論を抜きにしても、未来予知も完璧、それを変える手段も完璧、という矛盾を両立させる都合のよさに、疑いを抱かずにはいられなかった。

夢に出てきた少女が言っていたという代償。そのことも、気にかかる。

(もう一度、警戒をするよう念を押しておくべきか。……恋人として)

一応の結論を出し、ソラは腕時計を確認した。

あと数分で快速電車が来る。八扇駅の一つ先、自宅の最寄り駅までは、今から十五分ほどで着いてしまう。

それまでに雨がやむ可能性は、かなり低い。

(まいったな。折りたたみ傘はあるが、この土砂降りでは……)

ホームから見えるのは、視界が霞むほどの雨だ。少しは弱まるかもしれないが、やわな傘ではへし折られそうなほど、勢いは強い。

(……あ、そうだ)

とてもいいことを思いつき、ソラは心の中で手を叩いた。

（ナツヒコに迎えに来てもらおう。急にデートをキャンセルした、まあ、ちょっとした罰だ。うん。それがいい。八扇駅に着いたら電話して、ナツヒコの家で雨宿りだ。雨がやまないようなら、そのまま泊まっていってしまおう）

ソラは想像を広げる。

ナツヒコが電話に出たときの第一声から、迎えに来てほしいと言われたときのリアクション、雨の中を駅まで駆けつけてくるナツヒコの表情まで、完璧に思い描ける。

（こうなってくると、うん。雨はやまないほうがいい）

愉快な想像の波が、数秒前までソラの心を支配していた不機嫌さを洗い流し、代わりに別の苛立ちが湧いてきた。

（まだか、電車は。少しくらい早く着いてもいいだろうに）

腕時計を見つめる。秒針の動きがいつもより遅いような気がした。

ナツヒコと会える。ただそれだけの想像が、こんなにも幸せな気持ちをくれる。

まるで奇跡だと、ソラは思った。

だが、その幸福感に汚泥を投げつけてくるような存在が、すぐ近くにいた。

「ねぇねぇ！　ちょ、無視しなくてもいいじゃん！」

イヤらしい笑みを浮かべた男が、ソラの視界に入ってきた。

途端に、高揚していた気分が冷めるのをソラは感じた。

「このあと予定あんの？　ないでしょ？　だったらオレと遊び行こうって！　こっからすぐ近くに、オレの友達が働いてるクラブがあんのよ。タダで入れてもらえるからさ、いいでしょ、行こうって！」

軽《けい》佻《ちょう》浮《ふ》薄《はく》を絵に描いたような男だった。年齢はソラよりも上に見える。だが、学生やマトモに働いている人間には到底見えない。

薄笑いを浮かべていて、そのくせ、目は笑っていない。肌は白く手足も骨張っていて、病人のようにも見えるが、甲高い声に、突き抜けたようなハイテンションは、薬物常用者のそれをソラに連想させた。

「君、可愛いからさぁ、クラブでもメチャ人気者になれるって、マジで！」

濁った色の目に全身を舐めるように見られ、ソラは寒気を覚えた。

無論、こんな男はソラの知り合いではない。ほんの数分前に出会ったばかりだ。

各駅停車の車両から降りる際、男が財布を落とし、ソラがそれを拾い、手渡した。すると、男は何か勘違いでもしたのか、いきなり馴れ馴れしい態度で接してきて、ソラが無視していても、構わずにしつこくつきまとってくる。

ただのナンパなのだろうが、ソラにとっては不快で仕方がなかった。

（くそ、電車はまだか？）

不愉快な男が視界に入らないよう、腕時計を睨む。

あからさまに拒否の態度を取っているというのに、男はソラを誘う言葉を投げるのをやめない。目と同じように耳も閉じられればいいのに、とソラは思った。

この手の男は、下手に対応を間違えると、相手が女であろうと平気で暴力に訴えてくる。そういった危険性を、ソラは十分に理解していた。

だからこそ、無視を決め込んでいたのだが――

「ほら！　いいから！　一緒に来てよ！」

男が、ソラの手を強く握ってきた。

「――っ！」

ソラは悲鳴を上げそうになった。男の手は雨のせいか湿っていて、触れられた瞬間、おぞましい何かが腕を這い上がってくるような感覚がした。

ナツヒコに触れられたときとはまったく違う、怖いほどの気持ち悪さに、

「離せっ！」

強い語調で叫び、男の手を振り払う。

「……あ？」

すると、いきなり男の様子が変わる。

ヘラヘラ笑いが消え、目つきが鋭くなり、ケダモノのような色が宿る。

「てめぇ……調子こいてんじゃねえぞ！　このアマ！」

激昂した男が、両腕でソラを突き飛ばした。

「くあっ！」

小さな悲鳴が漏れる。肩を押され、後ろに倒れそうになる。

(駄目だ。倒れる。支えなくては――)

右足を後ろへ下げる。それでなんとか踏みとどまれる。

しかし――

「……あっ」

右足を下げた先には、床がなかった。

ソラの体は、ホームから投げ出されるようにして、線路の上へ倒れていく。

視界が回転した。ホームの天井が見えた。土砂降りの雨が見えた。

ホームに進入してくる、快速電車のライトが見えた。

プアン、という警笛の音。誰かの悲鳴も聞こえた気がする。

（……しまった）

このあとに起きる出来事を、ソラの頭は勝手にシミュレートした。

自分の体が感じるであろう衝撃の強さも、飛び散る血飛沫の量も、電車の車体にこびりつく肉片の形も、そして――

（これでは、またナツヒコが笑ってくれなくなる……）

自分を愛してくれている人が感じる、心の痛みまで、完璧に。


「――ソラちゃんっ！」


誰かに名前を呼ばれ、右手を掴まれた。

落下の浮遊感が一転、強い力で一気に引き寄せられる。

何が起きたのか理解が遅れる。

呼ぶ声は女の声で、掴んだのも女の手だということはわかった。

「危なかったねぇ、ソラちゃん」

「え……？」

気がつくと、ソラはホームの上で見知らぬ女に抱き留められていた。

「平気？　怪我してない？」

にこやかに笑う女は、女というよりは少女という年齢に見えた。目立つのはピンクに近い赤色のショートカット。出で立ちも変わっていて、モノトーンで統一された服装に、胸元が大きく開いているのが気になった。

「あ、いや……ありがとう」

ようやく理解が追いつき、ソラは礼を言った。

線路に落ちそうになったソラを、この少女が助け上げたのだ。

「ところで、君は——」

ソラが少女に尋ねようとしたところで、邪魔が入る。

「ゴメンゴメン！　ちょっと力入りすぎちゃった！」

ヘラヘラした笑いを復活させた男だった。

「ねぇ、ひょっとしてその子、君の知り合い？　すっげぇ可愛いじゃん！　よかったらさぁ、二人で来なよ、クラブ！」

ソラを殺しかけたというのに、まったく反省しているように見えない。それどころか、気味の悪い目でソラを助けた少女を見ながら、誘いをかけてくる。

「クラブ？　それって楽しいの？」

「もっちろん！　マジ楽しいし、二人で来てくれたら、オレおごっちゃうよ！」

「ふぅん。楽しいんだ。でも……」

少女は男をじっと見つめ、感情を込めずに言った。

「わたし、アナタ嫌い。消えて」

その瞬間、少女の言葉どおりに、男は消えた。

比喩でもなんでもなく、最初からそこにいなかったかのように、消えた。

周りの人たちは気づいていない。停車した快速電車から降りてきた人たちも、一瞬前まで男のいた場所を素通りしていく。

ソラだけが、男の消える瞬間を見ていた。

(なんだ。今のは)

表情には出さず、ソラは戦慄《せんりつ》する。

見間違いか、などと疑う余地はない。男は確かに目の前で消滅した。

何が起きたのかを推測する。瞬時にいくつかの仮説を立てるが、ほとんどを破棄。自分の知る法則で起きた現象ではない、という曖昧な結論だけが残る。

「うわぁ、ソラちゃんって、髪キレーだねぇ！」

少女は無邪気に笑いながら、ソラの髪を撫でる。手も握られたままだが、男に触れられたときと違い、不快感は感じなかった。

だが、強烈な違和感があった。

何かが違う。この少女は、自分たちとは何かが違う。

「……君は、なんだ？」

誰か、ではなく、何か。それこそが相応しい問いだと、ソラは確信していた。

問われた少女は笑う。無邪気さを消し、妖艶さを纏《まと》って。

そして、問いには答えず、黙ってホームの階段を指差した。

そこに、ソラの会いたがっていた人がいた。

「あれは、ナツヒコ？　どうして……」

ソラの幼馴染みから、ソラの恋人になった少年。

ナツヒコは階段を駆け上がってきたらしく、肩で息をしていて、誰かを探すようにホームを見回していた。

「来たね。ソラちゃんの好きな人」

隣にいた少女が、ソラの手を離す。

「会いたかったでしょ？　願ってたもんね？」

少女が、微笑みながらソラの目を見る。ソラも、少女の目を見つめた。

青い目。光の加減で、紫にも見える。空の色だと思った。

「願い……？」

「そ。強い願い、見つけたからさ」

「君がナツヒコを呼んだというのか。私の願いに応えて」

少女は答えずナツヒコのほうを見た。

答える気はない、という意思表示と捉え、ソラも少女の視線の先に目をやると、今度はナツヒコと目が合った。彼は慌てた様子でコチラへ走ってきて、ぎょっと目を見開いた。

まん丸になった彼の目は、ソラの隣にいる少女に向けられていた。

「ま、マキちゃん!?」

「やっほー、ナツヒコ。来てくれたんだねぇ」

また無邪気な笑みに戻った少女が、ひらひらと手を振った。

マキちゃん。その名前はソラも知っている。未来予知のカードを手に入れる直前に見た夢に現れた少女。ナツヒコはそう言っていた。

しかし、現実に存在していて、触れもするということは、夢の住人ではない。

「あ、あれ？　なんで、ソラ？　え？　マキちゃんと、え？」

「落ち着け、ナツヒコ。まずは息を整えろ」

ソラが言うと、ナツヒコは素直に深呼吸をして息を整えた。

「……で、どうしてここに来たんだ？」

「えっと、図書館で勉強してたら、急に鞄が光り出したんだ。中を見たら、光ってたのはカードで、北平川駅へ行けって書かれてて……」

ナツヒコはチラリとマキちゃんを見た。

マキちゃんはニコニコと笑うだけで、何も言わない。

「それで、来たのか」

「うん。しかも、そのあとカードが消えちゃったんだよ」

「消えた？」

ソラも、マキちゃんの顔を見た。やはり、ただ笑うだけ。

「どういうことなの、マキちゃん」

「えー、何がー？」

ナツヒコが真剣な顔をして訊くとようやく答えたが、態度は不真面目だ。

「カードが消えたことだよ。それに、この駅に来いって書かれてたこと！」

「へぇ、消えちゃったの。それは大変だねぇ」

「真面目に答えてよ。そもそも、マキちゃんは誰なんだ。僕の夢の中に出てきたと思ったら、こんなところにいるし……」

「夢になんか出るわけないじゃん。夢なんてないし」

「ない？　夢が？」

「そうだよ。でも、あるかもね。それか、ないかもね」

「マキちゃん、君は……！」

ナツヒコが語気を荒立てそうになったのを、ソラは彼の手を握って止めた。

「そ、ソラ……？」

マキちゃんに何を訊いても答えは返ってこない、ソラはそう判断した。何もかもがわからない現状で、それだけはわかる。

そして、これ以上、マキちゃんを問い詰めるのは危険だということも。

ソラは、困惑しているナツヒコに笑いかけ、彼の腕に自分の腕を絡め、

「恋人の目の前だというのに他の女とばかり話すとは、一体どういう了見《りょうけん》かな？」

と、わざと不機嫌そうな顔を作って言った。

「え？　えぇっ？　い、いや、これは違うんだよ、えと……」

真っ赤な顔で慌てるナツヒコを、可愛いなぁ、とソラは思った。

「生憎《あいにく》と、私も人間でね。嫉妬という感情を持ち合わせているんだ」

「だから、これは違うんだって……」

「聞きたくないな。言葉ではなく行動で示してくれ。さあ、行こう」

にやけてしまいそうなのを堪え、ソラはナツヒコを引き摺って階段に向かう。

「あははっ。二人とも仲いいなぁ」

背後でマキちゃんが「ばいばーい」と手を振っていた。

「ちょっ、ソラ、待って。僕はまだマキちゃんに……」

「マキちゃんに、なんだい？　その呼び方も馴れ馴れしくて好きじゃないな」

演技のつもりだったが、ソラは本当に嫉妬している自分に気づいた。おそらく、あのマキちゃんとやらが、想像よりも胸が大きかったせいもある。

「はぁ……ソラって、そんなにヤキモチ焼きだったっけ？」

「それだけ、君のことが好きになったのさ」

即座に切り返してやると、ナツヒコは「ふぇっ」と小さく奇声を上げた。

しばらくナツヒコはマキちゃんのことを気にしていたが、階段を降り始めると、やがて諦め、ソラの手をしっかりと握った。

ナツヒコの手は大きい。包み込まれるような気がして、安心感がある。腕も組んでいるから、彼の体温をより感じられて、ソラは何故か泣きそうになった。

ソラとしても、マキちゃんのことは気にかかる。だが、彼女には触れてはいけないような気もした。ただの人間が近づいていい存在ではないように。マキちゃんを問い詰めるナツヒコを止めたのは、彼女の機嫌を損ねたら、あの男のように消されてしまうかもしれないと思ったからだった。

「折角こうして会えたんだ。予定とは違うが、今からでもデートを楽しもうよ」

「いいけど、でも、雨だよ？」

「それがどうした？　君と一緒なら、二人で駅のベンチに座っているだけでも、私にとってはこの上ない至福の時間になるんだぜ？」

ソラは、またナツヒコの可愛い反応が見たくて思い切ったことを言う。

しかし、ナツヒコはすぐにこう返した。

「うん、僕も。ソラと一緒にいられるだけで、すごく幸せだ」

「にゃっ？」

同時に向けられた笑顔に、ソラのほうが可愛い奇声を上げてしまった。

「うぅ……卑怯だ、君は」

「そうかな。本当のこと言っただけなんだけど」

「そ、それが卑怯だと言うんだ！」

二人して顔を赤らめながら、じゃれ合いつつ階段を降りていく。

カードが消えてしまった今、未来は見えず、不幸を避ける手段もない。

では、今の私たちに不安があるか、とソラは自問する。

そして、ない、と即答できる。

ナツヒコが不安を抱くのなら、それは私が消してやろうと思える。

(大切なのは、今が幸せかどうか、それだけだ)

二人は歩く。手を繋いで。どこへでも。一緒に。

それが幸せの形であると信じて。

幕間【彼の序章、あるいは終章】

「ばいばーい！」

幸せそうに腕を組み、階段を降りていく男女を、彼女は手を振って見送った。

「……ふぅ。なんとか誤魔化せたかな」

男女の姿が見えなくなってから、溜め息を吐き独りごちる。

駅のホームは人で溢れていたが、目立つ容姿の彼女を誰も見ていない。

「すごいなぁ、ソラちゃん。気づいてたみたい。……でも、気づいていることに気づいてはいなかった、かな。気づこうとしなかった、かも」

真相に近いところまで思考を走らせておきながら、あの賢明な少女はすんでのところで自分にブレーキをかけていた。常識的な判断と言える。常識的な範疇で自らの発想を止めるよう制限をかけている、とも言える。

あと少し、ほんの僅かな飛躍を自分に許せれば、あの少女は彼女のいる場所に辿り着けるだろう。

だが、それを、あの少女は望むまい。彼女のいる場所が現実とかけ離れた空想の孤島であることにも気づいているだろうし、そこに辿り着きたいという自分の欲求を抑え込むため、現実に繋ぎ止めてくれる存在を求めているようだった。

「ソラちゃんが飛ばないようにするための碇《アンカー》が、多分、ナツヒコなんだろうなぁ。じゃあ、それを消しちゃえば、もっと面白いことに……」

思い浮かんだ格別に楽しそうな案を、しかし彼女は打ち消す。

「……ダメダメ。そしたら、ソラちゃんが使い物にならなくなっちゃう」

人間というのは、いつまで経っても脆《もろ》くて嫌になる。ちょっと身近な人間が消えたくらいで、すぐ心も体もボロボロになってしまう。

ウンコの子もそうだったし、折角作ってあげた遊び場を壊してしまった子もそう。最初からボロ雑巾みたいだったあの子も、期待したけど結末は変わらなかった。見物している分には問題ないが、いざ遊び道具にしようとすると、人間は脆すぎる。

「でもま、遊んじゃうんだけどねー」

ともかく、あの少女には見所があると彼女は思う。いや、食い出がある、と言うべきか。それはつまり、面白そう、という意味だ。

「有望だよね。思わず、標《マーカー》つけちゃったし」

ホームの端に立ち、滝のような雨を降らす厚い雲を見上げる。

それから、彼女は右目を閉じた。

瞼の裏に情景が浮かぶ。駅の近くにある喫茶店。そこにいる男女。雨宿りしている人で混み合う店内を、空いた席を探して歩いている。二人はとても仲良しで、手をぎゅっと握り合い、じゃれ合うように笑顔で会話している。

「んー、楽しそうでいいね。こっちのほうはどーかな？」

彼女は右目を開け、今度は左目を閉じた。

瞼の裏に情景が浮かぶ。広々としたリビング。そこにいる男女。明かりも点けずに何かを話している。男は丁寧だけど威張っていて、女は世界の全てに絶望したような無表情で、淡々と男の話を聞いている。

「あーあー、つまんなそーだなー」

彼女は、こちらの男女のこともよく知っていた。

男は強い願いを持つ少年で、女はそれを叶えるための単なる道具。

その道具を創ったのは彼女で、道具の名はルマと言った。歯車の、ルマ。

「さっきは脅かしちゃってゴメンね。まあ、覚えてないんだろうけど」

瞼の裏に浮かぶ情景には、当然、彼女の声は届かない。彼女の標《マーカー》に気づけるほど、ルマというモノは高性能でもなかった。

彼女にとってはついさっきの過去。この世界にとっては消えてしまった未来に、彼女はルマに出会った。そのときに標《マーカー》をつけたから、もうどんな時間にいてもルマを見失うことはない。

彼女とは違って、ルマは時間に縛られている。だから、過去にも未来にも行けないし、彼女と出会ってもいない。時間なんてもの、存在しないのに。ルマは人のために創ったモノだから、人の創った概念に縛られてしまう。

「そんな不完全なルマちゃんは、これからどうするのかな？」

自分が生み出した、自分に似た、自分とは違う存在。彼女はルマに興味を抱いていた。そもそも、この時間に来て何人かの少年の願いを叶えていたのは、ルマを探すためだった。すっかり忘れていたけれど。

「その子の願いを叶え続ける？　でも、ルマちゃんの力は、私のよりずっとたくさんの代償が必要になるよ？　また失敗しちゃうんじゃない？」

久しぶりに出会ったルマは、つまらない存在だった。ルマに願った少年も、あの少女に似てはいるが、致命的な欠陥がある。

実を言うと、全知全能たる彼女には、ルマと少年の未来だって見えている。そう遠くない明日にある、破滅の未来が。あの少年は、愛する少女の死などなくても、すでに歪み始め、じきに壊れる。

でも、もしかしたら、その未来も変わるかもしれない。

ルマに未来を変える力があるかもしれないし、こうして観察している自分が、つい先程そうしたように、また変えてあげたくなるかもしれない。

彼女は少し、そうなることを期待している。

「人間を見るのは楽しいなぁ……」

両目を開き、ホームに溢れる人たちを眺め、彼女はしみじみと呟く。

ついさっきの過去で、死にかけの少年が言っていた。

自分じゃないものも大切だ——と。

「ナツヒコがそう言うからさ、助けてあげたんだよ。ソラちゃん」

言いながら、クスリと笑う。嘘だからだ。

あの少女を助けたのは、ただ願いを叶えてあげただけ。あの少女は「ナツヒコと一緒にいたい」と願っていた。死んでしまったら、叶わない。

わざわざ「願いは何？」と訊ねなくても、彼女には人の願いくらいわかる。

では、何故いちいち問うのかと言われれば、単に決められた手続きっぽいのが楽しいと思っているからだ。

彼女は楽しいことしかしないし、楽しそうだと思えばどんなこともする。

「でもねぇ、なんで大切なのかな？　自分以外を必要とするのは、不完全さの証明だよ？　自分で自分が不完全です、って言ってるのと同じなのに……」

わからないなぁ、と彼女は笑いながら言う。

他人の大切さなんてわからない。だけど、そういう願いもあるのだということは、少年の必死の行動と想いから知った。知っただけで、試しに叶えてあげた今も「変なの」と思っているのは変わらないが。

「わからない、わからない、わからない……」

くるくると回転しながら、楽しそうに繰り返す。

「わからないけど、面白いから、いい」

自分と正反対に創ったルマは、ことあるごとに「意味がない」と言っていた。

それを聞いて、やっぱり不完全だ、と彼女は思う。

だって、意味がないほうが、面白いのだ。

いや、逆か。面白ければ、意味はある。

それがわかっていないのなら、やっぱりルマも不完全だ。

「でも、不完全なのも、面白い」

彼女はもう一度、左目を閉じる。

相変わらず無表情のルマ。そして、ルマに願いを叶えてもらっている少年。

二人は、先程と同じリビングの中央で、キスをしていた。

「……うわぁ、これは予想外」

キス。愛し合っている二人がする行為。

では、ルマは少年を愛しているのか。少年はルマを愛しているのか。

「いやいやぁ、あとのはありえないよ。だって、アキト君、ソラちゃんが好きだったんだもんねぇ。だから、グチャグチャに壊れちゃったんでしょ？」

では、どうして？　どうしてルマと少年はキスをしている？

気になる。とても気になる。気になりすぎて、自分が全知全能だということも、彼女は忘れてしまっていた。

「ルマちゃんは、私よりも人間に近いけど……愛せるのかなぁ、人間を」

少なくとも彼女は、人間を愛することはない。

ならば、彼女に創られたルマもまた、人間を愛することはない。

でも、もしかしたら。

「変わるのかな？　未来だけじゃなく、ルマちゃんも？」

人間というのは、変わるものだ。不完全であるが故に。

彼女が関わってきた人間も、多くが変わった。

よい方向にばかり変わったわけではないが、そんなこと、彼女には関係がない。ただ、変わっていく人間を見るのは面白かった。

彼女よりは人間に近いルマもまた、変わるのかもしれない。

だとしたら、その変化を眺めるのは、とても楽しいことになるのでは？

そんな思いつきに、彼女の心は躍った。

「よーっし！　面白そうだし、もうちょっとだけ、見ていこーっと！」

踊るように跳びはねて、彼女は、今しばらくこの時間に留まることを決めた。

ルマの変化と、少年の結末を、見届けるために。

意味はないが、面白ければ、それでいい。

あとがき

本書は、KEMU VOXXさんの楽曲『イカサマライフゲイム』を小説化したものです。

『イカサマライフゲイム』の小説化にあたり、絶対に考慮しなくてはならないのが、同じくKEMU VOXXさんの楽曲である『ぼくらの報復政策』の存在でした。ネット上では公開されておらず、アルバムにのみ収録されている『ぼくらの報復政策』という楽曲には、次のような歌詞が出てきます。

あの子を見殺しにした　イカサマ野郎も憎いな

イカサマ野郎。そして、あの子、というワード。

どう考えても『イカサマライフゲイム』と関連性があるように思えてなりません。ネット上で調べた限りでは、同じように考えているファンの方も多いようでした。

今回、小説化に際しKEMU VOXXさんからいただいた各楽曲の概説には「イカサマ野郎とは『イカサマライフゲイム』の少年のこと」との公式見解が明記されており、そうなれば、やはり『ぼくらの報復政策』を無視するわけには参りません。

思案した結果、本書は『イカサマライフゲイム』を基にした物語を主軸としつつ、幕間という形で『ぼくらの報復政策』の要素をも盛り込むという、非常に贅沢な形式で書くこととなりました。

二曲の関連性について想像を巡らせていたファンの方々にも、満足していただける内容に仕上がったのではないかと自負しております。

KEMU VOXXさんの楽曲には、右にあげた一曲だけでなく、多くの楽曲に関連性が存在します。先んじて小説化された『人生リセットボタン』と『インビジブル』も、『イカサマライフゲイム』との関連が深い楽曲となっており、その点を活かし、それぞれの小説化を担当された作家さんと協力して、舞台を同じ街に設定するなどの関連性を持たせてみました。

是非、三作合わせて読んで、楽しんでいただければと思います。

また、同じくKEMU VOXXさんの楽曲である『六兆年と一夜物語』の小説も発売が決定しておりますので、そちらも是非どうぞ。


今回、私、一歳椿にとって初ノベライズということもあり、難しい部分も多くありましたが、担当編集さんに支えられながら、こうして作品を完成させることができました。KEMU VOXXさんを始め、本書の製作に携わってくださった全ての方に、この場を借りて深く感謝を申し上げます。

そして何より、今これを読んでくださっている貴方に、最大級の感謝を。


それでは、またいつか、どこかで、お目にかかれますように。

一歳椿

イカサマ
ライフゲイム
ありがとう
ございました〜!!
ソラちゃん
すき!
hatsuko '14

Comment

篁ふみ

挿絵を担当させて頂きました
篁ふみと申します。
ルマちゃんをもっといっぱい
描きたかったなぁなんて思ってます。

ありがとうございました！

Illustration by hatsuko

TOKYO-CYBER-DETECTIVE TEAM

東京電脳探偵団（仮）

原作・原案：PolyphonicBranch

悪ノ大罪第二弾
エヴィリオス歴320年代、
度を越えた食道楽の物語
さあ、
残さず食べなさい
著：悪ノP(mothy)
悪ノ大罪
悪食娘コンチータ
Illustration by 壱加
2013年9月末発刊決定!!
最新情報は悪ノ大罪公式twitterで!! @akuno_novel

●原案
KEMU VOXX

人気ボカロPのkemuを中心に、イラストレーターのhatsuko、動画制作のke-sanβ、エンジニアのスズムの4人によって結成されたクリエイト・ユニット。2011年11月に投稿された『人生リセットボタン』がユニットの処女作である。これまで投稿してきた楽曲の総再生数は1000万再生を超える。

●著者
一歳椿(ひととせ つばき)

小説家。某ライトノベル新人賞を受賞してデビュー。ノベライズを手がけるのは、今作が初めてとなる。

●イラスト
hatsuko

イラストレーター。クールでスタイリッシュなキャラクター、衣装デザインが特徴。KEMU VOXX以外でも、CDジャケットやキャラクターデザイン、コラボなど幅広く活動している。

●挿絵
篁(たかむら)ふみ

イラストレーター。柔らかさを含んだスタイリッシュでどことなく色気のあるイラストが特徴。小説の表紙や挿絵、ゲームのキャラクターデザインなどで活動している。

●編集・デザイン
スタジオ・ハードデラックス株式会社
編集／鴨野丈　小俣元
デザイン／福井夕利子　鴨野丈　石本遊

●プロデュース
宮川夏樹(PHP研究所)

イカサマライフゲイム

2013年　9月　25日　第1版第1刷発行
2013年 10月　18日　第1版第2刷発行

原　案　KEMU VOXX
著　者　一歳椿
発行者　小林成彦
発行所　株式会社 PHP 研究所
東京本部　〒102-8331　千代田区一番町21
エンターテインメント出版部　☎03-3239-6288(編集)
普及一部　☎03-3239-6233(販売)
京都本部　〒601-8411　京都市南区西九条北ノ内町11
PHP INTERFACE　http://www.php.co.jp/
印刷所
製本所　凸版印刷株式会社

ISBN978-4-569-81346-2